Coração partido

Davi Arrigucci Jr.

Coração partido

Uma análise da poesia reflexiva de Drummond

Ilustrações PAULO PASTA

Cosac & Naify

À memória de meu pai

Capa e projeto gráfico
RAUL LOUREIRO

Ilustrações da capa e do texto
PAULO PASTA

Foto do autor
LAURA J. HOSIASSON

Foto de Carlos Drummond de Andrade
LÚCIA NAGIB

Revisão
FLORENCIA FERRARI E SAMUEL TITAN JR.

Catalogação na Fonte do Departamento Nacional do Livro
Fundação Biblioteca Nacional

Arrigucci Jr., Davi
Davi Arrigucci Jr.:
Coração partido — Uma análise da poesia reflexiva
de Drummond
160 p., 6 ilustrações
São Paulo: Cosac & Naify, 2002

ISBN 85-7503-137-6 CDD 808.4 | 869.1b

1. Ensaio literário 2. Poesia brasileira 3. Carlos Drummond de Andrade 4. Davi Arrigucci Jr. [1943–]

COSAC & NAIFY EDIÇÕES
RUA GENERAL JARDIM, 770 2º ANDAR
01223-010 SÃO PAULO–SP
Tel.: [55 11] 3218-1444
Fax: [55 11] 3257-8164
info@cosacnaify.com.br

Atendimento ao professor:
[55 11] 3218-1466

[...] *the one conveying the most fantastic thoughts in the most correct and natural language; the other in the most fantastic language conveying the most trivial thoughts. The latter is a riddle of words; the former an enigma of thoughts.*

S. T. Coleridge, *Biographia literaria*, livro XIX

O xis do problema

Sair do Estácio é que é
o xis do problema.
Noel Rosa

O poeta que surgiu em 1930 e acabou se tornando a figura emblemática da poesia moderna no Brasil construiu uma grande obra em que tudo acontece por conflito. Desde muito cedo, Carlos Drummond de Andrade experimentou dificuldades e contradições para forjar o denso lirismo meditativo que o caracteriza.

A meditação parece fruto dos seus tempos de madureza, mas vem de antes, da origem mineira. Já no princípio, o poeta coaduna a discórdia com a reflexão.

Recusa silenciosa, idéia calada, a cisma tem uma história, que pode não ter datas nem fatos perceptíveis de imediato, mas faz diferença, pelo processo interior em busca de expressão. E só através daquela estrada de Minas, pedregosa, que conduz à "máquina do mundo" e ao enigma – estrada imaginária que a mente desenha –, se pode buscar a unidade de estrutura da obra como um todo, cujos traços de coerência profunda vão apontando mesmo nos poemas breves, de corte humorístico, do início.

Seu lirismo, sem prejuízo da mais alta qualidade, nunca foi puro, mas mesclado de drama e pensamento. Por força da memória e da experiência, a certa altura incursiona também pela narrativa – memória em versos, como disse dele Pedro Nava, referindo-se a *Boitempo*. E ainda se podia lembrar a ficção em prosa, sobretudo o conto e a crônica, a que o escritor também se dedicou com assiduidade.

Mas no plano da poesia, que aqui importa, nota-se desde o começo a mistura de gêneros, com a presença de traços estilísticos dramáticos e narrativos que se integram perfeitamente, como acontece com freqüência no poema lírico, à subjetividade dominante própria do gênero principal. Eventuais traços dramáticos ou narrativos apenas matizam o que enuncia a voz central que fala ao leitor. A questão se acha, porém, na forma reflexiva que a lírica assume nesse caso.

É que o pensamento desempenha um papel decisivo no mais íntimo dela, pois define a atitude básica do sujeito lírico, interferindo na relação que este mantém com o mundo exterior, ao mesmo tempo que cava mais fundo na própria subjetividade: o resultado desse processo é o adensamento do lirismo pelo esforço meditativo, que casa um esquema de idéias à expressão dos sentimentos. Os românticos foram nesse caminho há muito tempo; é preciso ver o que fez dele um dos modernos, Drummond.

O xis do problema é o modo como a reflexão, que espelha na consciência o giro do pensamento refletindo-se a si mesmo, se une ao sentimento e à sua expressão poética, determinando a configuração formal do poema, num mundo muito diferente daquele dos primeiros românticos e da poesia meditativa que inventaram.

Se for verdade, como quis Heráclito, que a discórdia é harmonia não compreendida, para compreender a poesia de Drummond será necessário refazer um pouco sua história por dentro, tratando da alma e do mundo em sua complicada conjunção. Daí partem as contradições e o movimento interno da reflexão que define aqui a atitude do autor diante da obra.

Este ensaio procura compreender o modo como o poeta exterioriza, através da lírica meditativa, seu "sentimento do mundo". É uma tentativa de interpretar um percurso difícil: como consegue, por seu trabalho de arte fundado na reflexão, dar forma orgânica aos fatos, problemas e valores que lhe marcaram a experiência no contato com o mundo. Trata sobretudo do humor, do amor, do trabalho, enredados na mesma teia de problemas, resumida no fim.

Em termos drummondianos, talvez se possa dizer que o sentimento é a marca que o mundo lavra na alma. A poesia, espécie de mineração, é uma arte de lavrar palavras: inscreve a marca do sentimento numa forma de linguagem. Por isso, ela traz em segredo, feito enigma, como uma cicatriz, algo do sentido do mundo que só sua forma pode conter e, de repente, revelar.

Por sua vez, a interpretação, tentativa de compreensão crítica, é um meio de ler, de decifrar o segredo da forma lavrada: procura uma chave para o enigma. Mineração a seu modo também, refaz a história interior do sentimento inscrito nas palavras, em busca do que estas possam significar. O pouco que sempre fica para quem se arrisca a interpretar não é mais do que a pergunta pelo sentido, princípio e fim de tudo. Dar forma ao sentido é a razão da existência dos artistas.

Vista no conjunto, ou sobretudo no admirável conjunto que vai de *Alguma poesia* (1930) até *Lição de coisas* (1962), a poesia de Drummond pode chamar desde logo a atenção pelo aparente contraste de estilo que impressionou alguns de seus críticos e poderia indicar a passagem do humor inicial à fase madura.

Com efeito, entre a irreverência modernista da primeira hora, com a linguagem mesclada da dicção coloquial-irônica, e a densidade reflexiva posterior, quase sempre em tom elevado e classicizante, parece haver uma notável diferença de estilo e do modo de representar a realidade, à primeira vista até explicável, como alguns sugerem, pelas mudanças naturais e inevitáveis que os anos trazem.

Na verdade, porém, as coisas não são bem assim, e essa oposição radical nunca existiu. Assim como nunca aconteceu, em termos dilemáticos, aquela opção, inventada depois pela crítica, entre um pretenso formalismo e a participação social, referida a fatos exteriores, sociais e políticos, sobretudo nos anos 30 e 40, em que a luta ideológica sob a ditadura de Vargas e o cenário mundial acirravam as tensões internas, bloqueando as perspectivas.

A inadequação da leitura, ainda quando se aferra a fatos históricos efetivos cuja repercussão na esfera das artes e da cultura em geral parece inarredável, pode conduzir a meros equívocos, se se descuida do modo de ser real dessa poesia, que desde o começo trouxe em si mesma o fermento de superação dos problemas que jamais deixou de incorporar, absorvendo nas camadas profundas a experiência histórica, que não se confunde necessariamente com os eventos de fora.

Por idêntica razão, não parece aceitável a visão esquemática da mistura de estilos. Extraída de Erich Auerbach e aplicada abstratamente a fases e modalidades da linguagem de Drummond, não pode dar conta da particularidade da sua poesia, nem de sua evolução ao longo dos anos.

Um excelente crítico, José Guilherme Merquior, tira proveito da aproximação por esse lado, mas o fato é que a mescla a que alude deve ser descrita em detalhe e entendida em sua especificidade, dependente que é de usos variáveis da linguagem, conforme contextos distintos em cada caso, para que permita a compreensão adequada. Ou seja, exige a análise cerrada dos poemas para que possa ser realmente eficaz. E Merquior não se detém em fazê-la, embora observe aspectos importantes do conjunto da produção drummondiana e traços gerais da fisionomia do poeta.

É claro que o simples recurso a qualquer forma de mescla estilística pode fornecer desde logo um modelo explicativo geral de uma determinada obra, despertando o gosto das comparações em contextos amplos. Mas, por mais que ajude, neste caso, a imaginar o poeta entre seus pares no quadro da vanguarda internacional, pelo confronto que propicia com as tendências gerais da lírica de seu tempo, não avança em sua caracterização específica, que é fundamental: única base sólida para a comparação com outros poetas no trato de problemas comuns.

Poucas vezes Drummond tem sido posto no lugar que lhe cabe no panorama internacional da poesia moderna. Questão semelhante ocorreu sempre no passado e ainda ocorre com Machado de Assis; até os vizinhos hispano-americanos o ignoram; até Jorge Luis Borges, que parecia saber tudo, desconhece o seu mais ilustre precursor, antes de Kafka. Com Drummond, se repete o ciclo.

Para isto há decerto explicações, que são de outra natureza, históricas e políticas, mas não vêm ao caso agora. Mais importante é compreendê-lo com adequação em seu verdadeiro modo de ser; para tanto, o processo interno de sua obra precisa ser analisado mais detidamente, fora dos lugares comuns que se repetem em sua fortuna crítica.

A complexidade da obra drummondiana reside, desde o princípio, no modo original com que articula contradições que não se resolvem num falso contraste de expressão entre o humor inicial e a "ingaia ciência" posterior. Há muito mais continuidade do que ruptura entre esses momentos aparentemente tão diversos.

É preciso analisar a diferença qualitativa, fundada na reflexividade e na subjetividade problemática, que a distingue como um todo, a que serve por vezes uma ambigüidade de tom, sem prejuízo da precisão do detalhe particular de que tira sua força. Sua forma concreta é um meio poético de lidar com dificuldades específicas que por isso mesmo nela se objetivam, tornando-a entre nós, desde o primeiro instante, única em seu tempo.

E realmente, mais do que qualquer outro poeta brasileiro, ele nos falou mais de perto, de nós mesmos e de nossa complicada existência, trazendo-nos a uma só vez a poesia misturada do cotidiano, desde a cota de vida besta de cada dia, até as perplexidades inevitáveis a que nos conduz o fato de ter de conviver, ler os jornais, amar ou simplesmente existir. Aproximou, com o choque da revelação, que às vezes traz um mero substantivo no lugar certo, as grandes questões que abalaram o século XX e nossa desprotegida intimidade individual.

Com efeito, nunca faltaram a Drummond nem questões nem força de pensamento. Seu problema central tampouco foi comunicar-se; comunicou sempre sua incomunicação. Desde os primeiros tempos, ele pôs em evidência a incerteza moderna do que chamar de poesia; a pedra no caminho vem de longe.

Mas uma característica por excelência da experiência histórica moderna – como dar conta da multiplicidade caótica do mundo –, tão acentuada depois da Primeira Grande Guerra, se transformou para ele numa questão poética fundamental e, como tal, num problema de expressão, pois sempre cuidou de dar forma ao sentimento, modo de experimentar a realidade que lhe tocou viver. Teve que forjar a expressão adequada, em meio a tantas tendências anti-expressivas, como um compromisso consigo mesmo e como uma forma de conhecimento, o que foi sempre uma dificuldade, mas nunca a reduziu a um programa de dar conta de exterioridades.

Esse procedimento poético, modo orgânico de plasmar a matéria múltipla na unidade, está no núcleo de sua concepção e de sua prática do trabalho de arte; por ele dá forma articulada a uma "teia de problemas"; a ele se conjuga o senso de humor e o próprio movimento do coração que anima com sentimento, sem qualquer mancha de sentimentalismo, por exemplo, as extraordinárias imagens de sua lírica amorosa.

No seu percurso histórico, o que veio depois tem tudo a ver com o que se anunciou antes e representa um desenvolvimento interno coerente da obra como um todo, exceto os percalços e descaídas ocasionais de que ninguém está salvo. A fidelidade a si mesmo é um traço fundamental de Drummond.

Procurar compreender como isso se dá não é tarefa pequena, pois nos leva a acompanhar o trabalho do poeta no próprio processo de constituição de sua obra, que só a análise pode revelar, se for de fato capaz de penetrar nos meandros de sua lírica reflexiva.

HUMOR E SENTIMENTO

Humor e sentimento

> *Et c'est sur ces connaissances du coeur et de l'instinct qu'il faut que la raison s'appuie, et qu'elle y fonde tout son discours.*
>
> Pascal, *Pensées*, 282

A primeira impressão que dava Drummond é que vinha com a novidade, a graça, a rebeldia, o espalhafato do modernismo dos anos 20. Com traço fino e preciso de bico de pena, era um perfeito *blagueur*, conforme então se dizia.

Decerto a impressão não era de todo falsa. Mas tampouco era exata; fica-se muito longe da verdade quando se reduz o poeta dos anos de militância na vanguarda meramente a uma pretensa uniformidade do poema-piada modernista. A designação – dada, ao que parece, por Sérgio Milliet – foi um achado de momento para situar coisas muito diversas. Os poemas têm sempre, como é próprio deles, dimensões escondidas, além do que se imagina à primeira vista, pela cara do conjunto, e de resto já eram muito diferentes em cada um dos poetas que os praticaram, como, por exemplo, Oswald de Andrade, Manuel Bandeira e Murilo Mendes.

Os poemas iniciais de Drummond, com todas as diferenças e variações que apresentam de um livro a outro, como as que separam *Alguma poesia* de *Brejo das almas* – não se deve esquecer que muitos deles vinham de cinco ou seis anos antes da publicação do primeiro livro – se caracterizam pela capacidade de passar do riso à seriedade, ou de misturá-los, criando uma ambigüidade de tom decisiva na modulação dos temas de que tratam.

Parece que foram trabalhados com a discrição irônica que o autor trazia do interior de Minas. Discrição ou timidez, a reserva era um misto de confidência e acinte, de confissão e agressão, supondo sempre um Eu reflexivo atrás do Eu, com o efeito paradoxal de mudar substancialmente a direção do próprio senso de humor, na sua combinação insólita de graça ferina com gravidade.

É que assim estabelecia um contexto diverso para o que dizia e o muito que subentendia: um efeito de refluxo da expressão sobre si mesma e seu conteúdo, torção enviesada do discurso de um poeta que, desde o princípio, atribuiu à sombra de um anjo torto sua aparente falta de jeito.

Apesar da ponta aguçada da ironia e da verve modernista, sustentada pelo estilo mesclado de altos e baixos, pelo aproveitamento da linguagem oral extraída da fala cotidiana, o poeta não escondia o "Eu todo retorcido", as escarpas da alma severa, o sofrimento beirando o desespero, o desajeitamento do indivíduo. O pouco que mostrava era nada menos que uma altaneira e esquiva personalidade, não menos afirmativa e multifacetada por apenas deixar-se ver sob a capa modesta e o título sabidamente diminuído de *Alguma poesia*.

Obra de tímido, logo notou Mário de Andrade. A ironia ocultava, porém, mais do que um reticente perfil psicológico.

A vinda do interior, de dentro da terra e do sujeito, para exprimir-se no poema, equivalia a uma grande descoberta: a que se manifesta no sentimento do mundo. Sentimento que jamais vai se desvencilhar inteiramente da sombra da província, como repisou o poeta. E de fato, do ponto de vista dele, ela soma sombras ao que não se sabe nunca por completo.

Minas vinha entranhada, com sua carga familiar e montanhosa, até mesmo no senso de humor, tão marcado e oscilante nos poemas do começo. Mas eles se mostram mais porosos à perspectiva do mundo moderno, cuja pressão, além do que carreia inevitavelmente da tradição para outra parte, junta a perplexidade do novo, e desde logo se impõe, com seu poder transformador. Por isso, devem ser compreendidos em várias dimensões, sem que sejam reduzidos à psicologia do mineiro tímido e inteligente, capaz de explosões isoladas e da "gracinha corajosa" para "disfarçar o estado de sensibilidade", conforme apontou Mário,[1] com algum exagero aos olhos de hoje.

É preciso palmilhar o mundo e reconhecê-lo, parece nos dizer Drummond a cada passo de seu itinerário. Ou como dirá mais tarde de Mestre Ataíde e do Aleijadinho: "o ato da imaginação [...] o fixais em matéria, numa cidade após outra". E assim foi também com ele: de Itabira do Mato Dentro e do rosário das cidadezinhas mineiras, até Belo Horizonte; por fim, o Rio de Janeiro.

A cidade grande decerto muda muito a perspectiva da província, que com ela contrasta; a experiência na metrópole se expande com a força do inesperado, mas o que nela ficou

1 Cf. o que disse Mário sobre os poemas humorísticos de *Alguma poesia*, numa importante carta de 1930, in: *A lição do amigo. Cartas de Mário de Andrade a Carlos Drummond de Andrade* (Rio de Janeiro: José Olympio, 1982), pp. 151-159, sobretudo pp. 154-155. Opinião em boa parte retomada na sua análise da "medida psicológica do poeta" no ensaio "A poesia em 1930". Ver *Aspectos da literatura brasileira* (São Paulo: Martins, s.d.), pp. 32-37.

subjacente da vida do interior pode, por sua vez, mudar sua mudança. É que mesmo a novidade deve ainda muito à memória do passado: às vezes, ele dói para sempre, como o retrato de Itabira na parede.

Com essa atitude ambivalente entre o retraimento e a expansão, descobriu um método para aparar o choque da surpresa, ou a eventual carga cômica, em dobras reflexivas, de modo que tudo nele tende a adquirir a densidade de um mundo interior sério e problemático, provocando o desconcerto, em contraste com a face álacre da comicidade. Como diria muito mais tarde:

Abre a primeiríssima porta,
era tudo um problema certo.

Chiste

> *O crítico é um leitor que rumina. Deveria, por isso, ter mais de um estômago.*
>
> Friedrich Schlegel, *Lyceum*, 27

A ambigüidade de tom depende, na verdade, de um engenho articulador, a faculdade de estabelecer conexão entre objetos distintos e separados, ou de mostrar a divergência no que está conectado, representando propriamente a vocação drummondiana para o chiste[2] (se se der ao termo alguma folga semântica).

2 O termo por certo exprime inadequadamente aquilo de que se trata, traduzindo mal o *mot d'esprit* dos franceses, a que por vezes se identifica, e >

É por esse meio que, a princípio, o poeta exercita o humor como um tipo de piada agressiva – o tímido que em tom de farsa e sob disfarce paródico mostra a garra da insolência modernista. Mas, a uma só vez, o chiste se torna também um meio de invenção: base da arte combinatória, ele se faz um modo de catalisar a poesia, apoiando-a numa forma de sintaxe, capaz de juntar em liga estreita elementos divergentes e contrastantes.

E de fato Drummond é um grande poeta da sintaxe; não apenas pela habilidade inventiva que demonstra no tratamento e na combinatória interna das palavras da frase. Sabe criar com pouco um ritmo próprio, engendrando admiráveis seqüências verbais. É senhor absoluto do instrumento de ofício. Na verdade, por associações inesperadas (num sentido amplo, mais maleável do que o da sintaxe da gramática tradicional), ele gera e organiza as relações entre verso e universo, por tudo o que é capaz de trazer de fora, do mundo e da linguagem, e coadunar, ritmicamente, no interior do poema.

A capacidade de conjugar num poema múltiplas e heterogêneas esferas da realidade depende por certo da imaginação, entendida como faculdade plasmadora da arte, e se traduz materialmente num poder de *articulação*, de que depende, por sua vez, em profundidade, a forma artística.

> tampouco recobre o conceito de *Witz* dos românticos alemães ou o *wit* dos ingleses. Mas também desencaminha menos que a simples *piada*, com a qual de vez em quando, no entanto, se confunde. Para uma visão teórica compreensiva da questão, ver Márcio Suzuki, "O *Witz*: princípio e órgão da filosofia", em seu *O gênio romântico. Crítica e história da filosofia em Friedrich Schlegel* (São Paulo: Iluminuras, 1998), pp. 191-221.

Nesse sentido, desde o começo Drummond dá demonstração de sua força imaginativa pelo notável poder de articulação que demonstra, ou seja, pela capacidade artística de integrar a multiplicidade na unidade. A articulação, categoria estética central a toda a arte moderna,[3] é uma chave para a compreensão de sua poética e tem precisamente no chiste uma primeira manifestação decisiva.

Dar forma às coisas desencontradas que pululam no mundo e nunca deixam de pulsar junto com o coração batendo também em descompasso, perseguir o ressôo dos ecos de fora até os mais distantes fundos da alma, eis um desafio que desde o começo o poeta parece sentir, pois de fato já nasce com o mal-estar, o sentimento negativo da inadequação e da discórdia frente ao mundo dos tempos modernos.

Na verdade, a qualidade artística de sua obra depende do poder de articulação de que ele é capaz. Sua técnica de construção lida com materiais heterogêneos e divergentes, mas, ao mesmo tempo, com o mal-estar em face do mundo de onde os retira. Só assim salva a multiplicidade contraditória do mundo e da alma na unidade do poema, sem anular as diferenças, que constituem o pulso vivo das contradições, ou desconhecer o sem-fim das coisas que tendem a escapar ao desejo de totalidade quando se quer dar forma. E, mesmo assim, a aspiração do poeta acaba confinada, sem reconciliação possível com aquilo que por si mesmo é inconciliável, ao reduto do fragmento, ao resíduo do que fica, ao desejo barrado na passagem.

3 Nesse sentido, cf. Theodor W. Adorno, *Teoria estética*, trad. Artur Mourão (Lisboa: Edições 70, 1982), pp. 167-169 e 216.

O chiste – "relâmpago exterior da fantasia"[4] – é uma forma do fragmentário que produz, no entanto, o clarão do contato entre os elementos que se juntam na contradição. Por isso, é muito mais do que a mera piada ou do que o simples jogo verbal; tem poder de iluminação.

Essa força plasmadora que brota da imaginação e se manifesta na extraordinária capacidade de organizar os materiais mais diversos, vindos da subjetividade individual e da pluralidade do mundo, é com certeza também um meio de objetivar a experiência e de dar forma verbal ao sentimento.

Em primeiro lugar, a tendência ao chiste, que dá espírito à letra, pode levar literalmente o poeta a uma espécie de humor caligráfico que mexe com a tessitura mesma da palavra: esta pode ser desintegrada, reintegrada, inventada ou reinventada, deformada e até revirada de ponta-cabeça. Esse gosto da brincadeira verbal, que não é meramente gratuito e se correlaciona com a necessidade expressiva do discurso poético, Drummond não o abandonará nunca ao longo de toda a sua trajetória, fazendo da linguagem aquele "largo armazém do factível" a que se referirá, mais tarde, em *Lição de coisas*.

Mas, além de propiciar a montagem e desmontagem da palavra, cujo aspecto lúdico reconduz por si mesmo, como se sabe, à fonte originária da criação verbal que é a poesia, o chiste atua como um procedimento de articulação no poema entre as muitas faces que constituem a pluralidade do mundo.

4 Friedrich Schlegel, *O dialeto dos fragmentos*, trad. Márcio Suzuki (São Paulo: Iluminuras, 1997). A citação se acha na seção "Idéias", fragmento [26], p. 147.

No fundo, ele é capaz de unir o inconsciente ao consciente, levando o sentimento à lucidez da consciência, pelo viés da ironia e as voltas da reflexão.

Sete faces e um coração

O "Poema de sete faces" abre *Alguma poesia* e, pela amplitude e a complexidade, todo um universo lírico. Representa, encarnando o espírito do chiste, o conflito que define, desde o princípio, a poesia reflexiva de Drummond:

> *Quando nasci, um anjo torto*
> *desses que vivem na sombra*
> *disse: Vai, Carlos! ser* gauche *na vida.*
>
> *As casas espiam os homens*
> *que correm atrás das mulheres.*
> *A tarde talvez fosse azul,*
> *não houvesse tantos desejos.*
>
> *O bonde passa cheio de pernas:*
> *pernas brancas pretas amarelas.*
> *Para que tanta perna, meu Deus, pergunta meu coração.*
> *Porém meus olhos*
> *não perguntam nada.*
>
> *O homem atrás do bigode*
> *é sério, simples e forte.*

Quase não conversa.
Tem poucos, raros amigos
o homem atrás dos óculos e do bigode.

Meu Deus, por que me abandonaste
se sabias que eu não era Deus
se sabias que eu era fraco.

Mundo mundo vasto mundo,
se eu me chamasse Raimundo
seria uma rima, não seria uma solução.
Mundo mundo vasto mundo
mais vasto é meu coração.

Eu não devia te dizer
mas essa lua
mas esse conhaque
botam a gente comovido como o diabo.

O que primeiro pode chamar a atenção do leitor é a multiplicidade de aspectos da matéria tratada no poema; embora ela pareça corresponder e harmonizar-se às "sete faces" prometidas pelo título, não é por isso menos surpreendente e desconcertante.

Não se percebe de início a coerência dos significados: aquilo de que realmente se trata. Ao contrário, o que se nota é uma desarmonia geral, reforçada a cada passo pela introdução de novos componentes em si mesmos desarmônicos. Há uma evidente descontinuidade do assunto, cujas variações, a cada uma das sete estrofes formadas por um número também variável de versos metricamente irregulares, dificultam a compreensão do conjunto.

De fato, assim se pode resumir, de forma esquemática, o que, à primeira vista, o texto expõe: o poeta relata, na primeira estrofe, em tom humorístico, a maldição do anjo que teria presidido ao seu nascimento; nas duas seguintes, registra uma cena de rua algo cômica pela estripulia dos desejos desencontrados; a seguir, observa a figura séria de um homem em meio à confusão; na quarta estrofe, numa irônica apóstrofe a Deus, clama por sua fraqueza e abandono no mundo; depois reflete sobre a desarmonia que existe também entre o tamanho do mundo e o de seu coração, a que uma rima arbitrária não pode dar solução; por fim, dirigindo-se talvez à amada, em colóquio irônico-sentimental, exprime a sua comoção do momento. A cada passo, portanto, são introduzidos novos motivos aparentemente aleatórios, dando a impressão fragmentária de uma composição regida pelo conflito e pelo acaso.

Percebe-se, no entanto, que esse quadro de desencontros está permeado de perplexidade e angústia, misturando-se a sensação de mal-estar à comicidade que parece marcar o destino errante do poeta fraco e desajeitado, tal como ele próprio se apresenta. Uma coerência latente do seu sentimento pode então estar dirigindo a organização interna do texto que a variedade e a instabilidade do assunto apenas encobrem sob a aparente falta de lógica. O esforço crítico deve ser feito no sentido de descobrir essa lógica entranhada no poema. Mas, a princípio, é difícil compreendê-la, e a primeira impressão é desnorteante: só se notam as tensões conflitivas com que o conjunto, em sua complexidade, nos desafia. Convém avançar por etapas, através das dificuldades que travam o caminho.

Em primeiro lugar, a forma como o poeta se exprime dá a impressão de absolutamente moderna, pela cota de inesperado, o grau de anormalidade e anticonvencionalismo. É que a aparência de ilogicidade e a recusa à comunicação imediata, que tanto nos choca à primeira leitura, faz parte também da irreverência modernista, cujo caráter anticonvencional se torna ostensivo, para além da irregularidade métrica, sobretudo na mistura dos gêneros e do estilo, nas mudanças de atitude do Eu e do tom com que trata a matéria tão diversificada aí reunida.

Com efeito, o poema começa como uma narrativa, pela notação temporal: "Quando nasci (...)". Esta abertura introduz o capítulo inicial de sua gênese torta, evocando, em tom paródico, motivos bíblicos e românticos. Salta, em seguida, à descrição frenética de uma cena urbana moderna e, em destaque, à caracterização contrastante de um "personagem" sério, tudo em tom variado de humor, entre o cômico e o satírico, sem dispensar a gravidade reflexiva. Em seguida, irrompe numa apóstrofe lírico-dramática – como que parodiando o eco romântico do brado e da interpelação divina de um Castro Alves[5] –, e beira, em seu abandono, o lamento elegíaco, para aproximar-se da canção ("Mundo mundo vasto mundo"), terminando, idilicamente, à maneira de uma confissão inconfessável.

Desse modo, parece reunir, em viés paródico, três modalidades de poesia: a cômico-satírica, a elegíaca e a idílica. Schiller,

5 Certamente, atrás de tudo, está o brado de Cristo no momento que antecede sua morte. Cf. Mateus, 27:46.

num ensaio célebre, considerou-as características do poeta "sentimental", para ele moderno e reflexivo. Moderno de outro jeito, Drummond é, desde a origem, reflexivo e, a seu modo, também "sentimental", como se vai ver adiante.

No "Poema de sete faces", começa por marcar a diferença absoluta entre o ideal e o real, com o seu nascimento decaído; depois, oscila dramaticamente entre ambos; no final, acaba por identificá-los, sem jamais perder a ironia, marca do sentimento que vai até ao coração frente à discórdia do mundo. A mistura de gêneros com ar paródico imprime uma feição burlesca ao senso abissal da queda, enfatizando o movimento para baixo, desde a fala inicial que se precipita das alturas angelicais até uma espécie de confidência de botequim, puxada a lua e conhaque.

A linguagem, glosando a fala coloquial, chega ao aproveitamento da locução informal ("botar a gente") e da frase feita popular ("como o diabo"), e nem sempre se atém à pontuação de regra, pois suprime as vírgulas da enumeração de "pernas" no verso nono. Não se distancia completamente, porém, da expressão culta. Utiliza-se, por exemplo, de um vocábulo francês restrito à conversação refinada do tempo ("*gauche*"). E busca a construção elíptica de elegante concisão, omitindo a conjunção [se] da oração subordinada condicional, justaposta diretamente à principal: "a tarde talvez fosse azul / [se] não houvesse tantos desejos"; desse modo, destaca a harmonia impossível da tarde (o azul) em contraste com a turbulência reinante dos desejos.

Todo esforço de concisão tem a ver, sem dúvida, com a economia geral própria da linguagem poética, mas, neste caso, se relaciona também com a métrica, pois, embora irregulares, os versos não são propriamente livres e revelam o senso constante da medida, não fugindo muito das sete ou oito sílabas predominantes em sua maioria. Sob a face vistosa das variações, subjaz ainda algum desejo de uniformidade ou de ordenação.

O verso mais discrepante de todos, pelo tamanho, se acha na terceira estrofe; nela predominam eneassílabos com acentuação incomum, mas esse verso, que parece composto por um eneassílabo e um setissílabo, é precisamente o que introduz como um ponto de vista a mais na cena dividida dos desejos o motivo do coração. Em contraposição à fixação imediatista dos olhos nas pernas, ele sugere o movimento ilimitado e prolongado da pergunta que vem da interioridade reflexiva; nesse sentido, já antecipa a afirmação da desmesura do sentimento contra a medida do mundo exterior, conforme se verifica na penúltima estrofe.

A redondilha maior dá o padrão rítmico de todo o poema, com variações de oito sílabas, sem a acentuação na quarta própria do octossílabo tradicional, e versos maiores, como o que se acha no final da quarta estrofe, o mais comprido da penúltima e o que encerra o poema, são compostos de medidas menores e parecem muito expressivos pela ligação direta com o significado que veiculam: o contraste do homem sério em meio ao riso, a inadequação da rima arbitrária e o exagero da comoção que, afinal, toma conta do poeta.

Na verdade, no conjunto dos versos, o ritmo, sem deixar de acusar variações expressivas pontuais, se desenvolve no sentido oposto ao das divergências, e desse modo, ao mesmo tempo que reafirma a multiplicidade variada das faces, tende a integrá-las, apoiando-se na sintaxe que as articula, numa unidade poliédrica.

Essa unidade é formada por uma rápida sucessão de planos divergentes e contrastantes, mas combinados, com ênfase variável em aspectos exteriores ou interiores, e embora pareça um mero registro de fatos, no seu conjunto constitui, na verdade, uma projeção de imagens da interioridade, como uma cena figurada e inteiriça, saída da fantasia reflexiva do Eu que fala ao leitor.

Assim, o mais surpreendente e mais paradoxal de uma composição de tantos lados e tanta discórdia interna é, confirmando a impressão inicial do leitor que pode intuí-la obscuramente desde a primeira leitura, sua coerência profunda. Como agora se pode observar mais claramente, é mediante o espírito, o sentimento e a reflexão, ritmicamente entrosados, que as divergências se fazem partes orgânicas de uma forma única, o poema como um todo.

Quando se examina então, mais detidamente, o "Poema de sete faces", observa-se que o sentimento é o verdadeiro tema subjacente à coerência formal do todo. Por ele se chega ao motivo central do "coração" do poeta – introduzido, como se apontou, pelo décimo verso, o mais discrepante no tamanho –, ao qual retorna por duas vezes, expressivamente, o poeta.

Com efeito, é o sentimento que institui a lógica interna das variações do assunto, pois cada uma de suas faces o traz latente. As faces não são mais que modulações que o espírito (o senso de humor do chiste) nele imprime, ao dar-lhe expressão. E por fim o sentimento é também o centro da reflexão que arma a cena toda do poema como uma fantasia do Eu sobre o Eu, movimento do pensamento sobre si mesmo, que se espelha nas sete faces, mas brota da interioridade e, no mais fundo, do mesmo coração. Afinal, o "Poema de sete faces" é a meditação do poeta sobre seu sentimento de estar no mundo.

A reflexão é que torna possível este reconhecimento do próprio sentimento; este depende do movimento reflexivo do pensamento para que aflore à consciência e, a uma só vez, para que possa exprimir-se. Paradoxalmente, é a reflexão o caminho para o coração.

Desde esse princípio, Drummond parece empenhado num esforço conceitual de dizer com precisão o que vai no coração, buscando reconhecer os próprios sentimentos. E desde o começo o desafio do difícil está lançado, pois o poeta encontra no próprio coração o caminho da dificuldade: um destino verdadeiramente stendhaliano – ele que deve ter aprendido tanto com os escritores franceses. É que persegue com palavras precisas até os movimentos imperceptíveis do coração, arriscando-se a procurar pela reflexão o que não se pode dizer, aquilo a que falta nome.

O infinito do sentimento é um acidente do coração, existe em potência como um querer que não se preenche de todo, mas busca a vastidão, como um movimento contrário de sua própria privação, oco do querer sem jeito onde reside seu não-poder.

Na verdade, o coração é o lugar da falta (da "falta que ama", a que o poeta vai aludir muito mais tarde), pois se abre para o espaço da desmesura, da infinitude, o sem-fim do sentimento, onde a linguagem (a poesia), reconhecendo-se pela reflexão, dá com seu limite.

Concentrado sobre si mesmo, sobre seu próprio coração, Drummond, sempre meditativo, se esforça por dizer o difícil, repto da grande poesia, que depende da fidelidade à busca e a si mesmo.

Como apontou T. S. Eliot, pensando primeiro em Donne e nos poetas metafísicos do século XVII e depois, nos simbolistas franceses do XIX, esforçar-se para preservar o tom de inflexão irônica e a dificuldade tornou-se quase um dever moral para os poetas do século XX. E assim foi com Drummond, que teve sempre no senso de autocrítica e na consciência das dificuldades de sua própria arte um traço distintivo. Mais tarde, afeito aos ossos do ofício, à cata sempre de exprimir sentimentos a que falta nome, forçará a linguagem até o limite: poesia à procura de si mesma, sem asas no silêncio, pura ausência – aporias do impasse. A tanto parece fadado o trabalho miúdo de lidar com as palavras e o coração.

Mas já aqui, ao abrir-se, sua obra tem a envergadura da grande poesia; manifesta-se a força extraordinária de conhecimento da alma e do mundo, do ser no mundo – o que não se explica, mas se sente como certeira iluminação –, e ao mesmo tempo, o reconhecimento problemático do limite da linguagem, do poder de fogo da própria poesia. É o que a análise do "Poema de sete faces" talvez possa ainda revelar.

INTERMEZZO ROMÂNTICO

O enlace de sentimento com reflexão tem, como se sabe, origem romântica. Conforme observou Walter Benjamin, a reflexão é o tipo de pensamento mais freqüente nos primeiros românticos, que nela fundaram suas principais concepções, como a dos fragmentos de Friedrich Schlegel e de Novalis, aos quais se refere, quando discute a relação deles com o modelo de pensamento que encontraram no *Conceito da doutrina-da-ciência*, de Fichte. De Schlegel, por exemplo, cita a seguinte formulação: "A faculdade da atividade que volta sobre si mesma, a capacidade de ser o Eu do Eu, é o pensar. Este pensamento não tem nenhum objeto senão nós mesmos".[6] Ainda a propósito de Schlegel, chama a atenção para o gosto do espírito romântico de fantasiar sobre si mesmo.

A incorporação à mente poética desses volteios espiralados do pensamento sobre si mesmo, buscando o conhecimento imediato e, a uma só vez, a infinitude de seu processo, se tornou realmente um apanágio da lírica meditativa do Romantismo, como se pode observar tanto nos poetas alemães quanto nos ingleses desse período. Entre nós, a lírica reflexiva sempre foi rara, mas há bons exemplos em Gonçalves Dias, não apenas do filão preferido dos românticos, a meditação sobre a natureza, como nos seus hinos – "O mar" ou "Idéia de Deus" –, mas também na lírica amorosa, especialmente a dos *Novos cantos*, em que se nota a confluência dos sentimentos tortuosos com a reflexão. Basta considerar o admirável "Se se morre de amor!", ou o não menos forte "Ainda uma vez – Adeus!", marcado por complicados ressentimentos.

O modo particular como Drummond trata esta herança temática dos românticos define, desde este começo de sua obra, a originalidade moderna e boa parte dos conflitos específicos de sua poesia.

Mas o sentimento não é, neste caso, o que habitualmente se encontra ao se mencionar esse termo que leva logo a pensar no exagero sentimental, transformado em lugar-comum. Não se confunde com a brandura emocional que enche a alma até o

6 Cf. Walter Benjamin, *O conceito de crítica de arte no Romantismo alemão*, trad. M. Seligmann-Silva (São Paulo: Iluminuras/Edusp, 1993), pp. 29-30.

derramamento, compartilhável com todos aqueles que também têm sentimento – espécie de caricatura lacrimejante, em geral mal atribuída aos românticos.

Aqui, ao contrário, o sentimento traz consigo a contradição. É conflitivo em si mesmo e tem a ver com o trabalho, com o esforço reflexivo que está implicado na idéia do coração que se mede com o "vasto mundo" e se considera ainda mais vasto: ele parece movido pelo desejo de ir além, pelo senso de infinitude inerente à própria reflexão, esse debruçar-se inesgotável do pensamento sobre si mesmo.

Mas a infinitude da reflexão não é exatamente a infinitude da continuidade no tempo, a progressão repetida e vazia do pensar sobre o pensar; ela se assemelha muito mais à dos primeiros românticos alemães. Como notou ainda Benjamin a propósito de Friedrich Schlegel e Novalis, ela aparece como uma infinitude da conexão: "Conectar infinitamente (...)", como afirmou Novalis.[7]

Com efeito, no poema, a vastidão que metaforiza a infinitude do sentimento – o coração parece abrir um horizonte infindo à contemplação – é antes o desejo ilimitado de contato; ele tem à sua frente o vasto mundo, mas dele se distancia pela reflexão. Muito expressivamente, como se pode notar na terceira estrofe, há uma oposição entre ele e os olhos, pois estes, em sua voracidade, nada perguntam e buscam errantes um objeto imediato, mas fugidio (as pernas), enquanto o coração que contempla se interroga sobre uma falta que não se preenche e da qual a vastidão pode ser um símbolo.

7 Cf. W. Benjamin, op. cit., p. 36.

O coração mais vasto que o mundo não significa, no caso, portanto, uma exaltação egotista do poder de si mesmo; ao contrário, o que está em jogo é o desajeitamento e a fraqueza do poeta, e seu sentimento é propriamente o de não-poder do Eu. E, por isso mesmo, se exprime modulado pela ironia e pelo humor.

MODULAÇÕES

Convém considerar, a cada passo, as modulações que assume aqui o sentimento. Tal como ele se exterioriza, primeiramente, em tom de farsa, trata-se exatamente desse não-poder do Eu, que está na raiz da ironia de Drummond (e de sua auto-ironia).

Desde a primeira estrofe, o relato do nascimento inverte, por via paródica, a elevação a que se achava alçada a imagem tradicional do poeta, puxando-a para baixo. Não deixa dúvida, apesar do tom farsesco, quanto à maldição que recai como uma sombra demoníaca sobre seu destino, submetido à praga da falta de jeito, como o albatroz de Baudelaire – "*comme il est gauche et veule!*" –, equivalendo à queda e à expulsão do paraíso:

> *Quando nasci, um anjo torto*
> *desses que vivem na sombra*
> *disse: Vai, Carlos! ser* gauche *na vida.*

Um pouco adiante, se vê tendo de enfrentar sozinho, apenas com sua fraqueza, o exílio terreno e o abandono de Deus:

Meu Deus, por que me abandonaste
se sabias que eu não era Deus
se sabias que eu era fraco.

Assim, o sentimento se traduz numa sensação de rebaixamento, condizente com a mudança do estatuto do poeta, visto agora de um ângulo que o inferioriza e do qual o desajeitamento e a fraqueza são índices (como em Baudelaire). Esta caracterização equivale, portanto, a um novo ponto de vista sobre a realidade e, conseqüentemente, a uma nova forma de representá-la poeticamente.

Com efeito, o Eu poético surge agora puxado das alturas sublimes para o chão dessacralizado e degradado da cidade moderna, espaço de errância do desejo, onde os desencontros amorosos estão grotescamente sujeitos, como nas perseguições das comédias do cinema mudo de Mack Sennett e Charles Chaplin, a um movimento frenético e absurdo. A inversão cômico-satírica dá alma contemplativa aos seres inanimados, capazes de espiar os homens, atrelados ao apelo erótico das pernas, única idéia fixa na correria desatinada:

As casas espiam os homens
que correm atrás das mulheres.
A tarde talvez fosse azul,
Não houvesse tantos desejos.

O bonde passa cheio de pernas:
pernas brancas pretas amarelas.
Para que tanta perna, meu Deus, pergunta meu coração.

Porém meus olhos
não perguntam nada.

Desde o princípio, o poeta se situa, portanto, terra-a-terra, no lugar moderno e vazio do desgarramento da transcendência. Correspondendo a essa nova situação, sua visão tem muito da crueza materialista e, com toda a sutileza, de uma grossura seca de molde cômico. Mas na cena que se observa – cena que o Eu parece estar fantasiando sobre o próprio Eu – o desejo, ao contrário do que costuma ocorrer na comédia, não se realiza. Trata-se então, no mínimo, de uma comicidade infeliz, e não surpreende que em meio ao desconcerto do quadro haja espaço para o contraste da seriedade, ela própria um tanto grotesca.

Em choque com a agitação geral, a figura séria do "homem atrás dos óculos e do bigode", que lembra a feição parada de Buster Keaton em plena confusão cômica, faz o papel de um *raisonneur* burlesco, porta-voz calado ou outra face do Eu. Isolado em sua rigidez mecanicamente reafirmada pela repetição e situado atrás de tudo, se opõe ao movimento reinante no mundo dos desejos desencontrados, mas se mostra, por assim dizer, concorde com a discórdia, imagem personificada da *gaucherie*, auto-retrato contraposto do poeta no espelho da reflexão:

O homem atrás do bigode
é sério, simples e forte.
Quase não conversa. Tem poucos, raros amigos
o homem atrás dos óculos e do bigode.

A idéia do rebaixamento do lugar do poeta se revela fundamental para a compreensão do sentimento drummondiano do mundo em discórdia: tanto no sentido passivo do afeto, medida do coração, em que se traduz o contato do Eu com o universo exterior, quanto no ativo e reflexivo, pelo qual a consciência, dobrando-se sobre si mesma e sobre o que sente, forma o seu senso discordante do universo. A cena fantasiada, com seu aspecto tão cinematográfico, se desenvolve como a projeção externa, rebaixada, da reflexão interior que a toma por objeto de pensamento.

O sentimento de fraqueza e de abandono num mundo vasto e degradado, de desterro transcendental, alia-se ao desejo e esforço contrários de querer ir além, de querer ser e conhecer, de seguir o coração maior que o mundo. De fato, desde este início, o poeta é alguém que quer conhecer, um inquiridor perplexo que reflete sobre si mesmo, o mundo e a linguagem; acabará se debruçando sobre o *claro enigma* de nosso desconcerto. A contradição paradoxal que muito depois se cristalizaria nesse oxímoro famoso já estava aí prenunciada.

O desacordo do poeta que não pode se reconciliar com o mundo dissonante em si mesmo também se defronta com o problema de dar forma ao informe, ao que infindavelmente se confronta na desarmonia. Não bastará a harmonia fácil de uma rima casual para o que pede o coração:

Mundo mundo vasto mundo,
se eu me chamasse Raimundo
seria uma rima, não seria uma solução.
Mundo mundo vasto mundo,
Mais vasto é meu coração.

A explicitação de um procedimento poético como o da rima, apontado por sua inadequação, é em si mesma um recurso cômico e se casa ao espírito do chiste, que pelo jogo sonoro junta coisas contraditórias e complexas: o desacordo entre o coração e o mundo; o sentimento e sua expressão.

Como todo recurso literário, a rima só deve ser utilizada se for necessária, e só será necessária se for além da mera concordância sonora e relacionar-se significativamente com outros componentes e a totalidade do poema, rimando de fato com o significado. Só assim cria aquela aliança secreta entre o som e o sentido que define a linguagem poética, como observou Valéry.

No caso, a falsa harmonia sonora da rima arbitrária entre "mundo" e "Raimundo" torna ostensiva a dificuldade da solução necessária para o coração, ou seja, para sua exigência de conexão, ao exprimir o sentimento.

Mas o vasto horizonte que o coração abre à contemplação reflexiva dá para a infinitude, de que não pode dar conta a forma finita da expressão. A insuficiência desta é assim ressaltada cabalmente, ligando-se àquela sensação de não-poder do Eu que está no âmago do próprio sentimento e na raiz da ironia.

A brincadeira verbal com a rima revela, já nesta abertura da obra, a lucidez da consciência do poeta sobre o próprio fazer, demonstrando como o trabalho poético, com sua dificuldade de realização, se integra no mesmo movimento reflexivo do pensamento em que aflora o sentimento do Eu no mundo. Nesse jogo se antecipa o que vem a seguir.

Com efeito, a dificuldade de expressão vem dramatizada nessa espécie de idílio paródico da última estrofe, em que a lua e o conhaque aparecem como justificativas irônicas para que, com a linguagem informal de todo dia, o poeta possa confidenciar o que sente, talvez a uma suposta amada:

Eu não devia te dizer
mas essa lua
mas esse conhaque
botam a gente comovido como o diabo.

A dificuldade da declaração confessional direta, barrada pela autocensura, demonstra que a última face deste "Poema de sete faces" é o aspecto problemático da expressão do sentimento, que depende da mediação do chiste e da reflexão para que possa realizar-se.

Se o fundo do coração fosse feito apenas do medo do tímido, o pensamento reflexivo seria a sua racionalização e o chiste, atalho da expressão, provavelmente a manifestação desviante de um processo defensivo mais complexo destinado a proteger um prazer da censura, com economia de desgaste afetivo e constrangimento, conforme a interpretação que Freud deu, ao estudar a relação do chiste com o inconsciente.

Uma leitura nesta linha psicanalítica reafirmaria as observações de Mário de Andrade, que chamou a atenção sobre o "seqüestro das pernas" (aludindo a um tipo de recalque em forma de metonímia ou sinédoque, implicando em se tomar uma parte por outra ou pelo todo), insistindo no papel coercitivo da inteligência, demasiado interferente, segundo ele, na expressão lírica e fator complicante da psicologia do poeta.

Embora não se deva descartar qualquer ponto que uma tal perspectiva seja capaz de desvendar ou realçar no texto, a verdade é que a explicação por essa via acaba reduzindo a um único aspecto – o da psicologia do poeta – o todo decisivo para a qualidade estética do poema, ou seja, a complexidade resultante da articulação dos múltiplos elementos que entram em sua composição poliédrica.

Na verdade, não se daria conta do centro da questão posta pelo próprio coração do poeta, que torna a expressão uma necessidade de conexão da linguagem ao sentimento: aquilo que se exprime pela articulação das sete faces na forma orgânica do poema.

Vitória da construção poética sobre a multiplicidade da matéria envolvida no processo de composição, a coerência final da forma não resulta da anulação das divergências inclusas no material, não é a unificação completa do divergente. Ela consiste apenas no resultado da articulação possível do conflito numa estrutura de tensões equilibradas. A articulação realiza formalmente, mediante o trabalho do poeta com a linguagem, a necessidade interna de conexão que vem do coração, sem poder preenchê-la de todo, pois o coração é o lugar da falta infinita.

Há um mal-estar da expressão que nasce, portanto, de sua já assinalada insuficiência,[8] do próprio sentimento de não poder

8 Antônio Houaiss, que considerou a posição de Drummond no que se refere à linguagem, a partir dos simbolistas, percebeu, no plano do vocabulário, essa insuficiência, distante dos "protestos de *inania verba* de antes, que apenas podiam ilustrar – metafórica ou alegoricamente – a carência da palavra (...)", e a conseqüente "expressão negativista que o leva a situações do inefável". Cf. "Sobre uma fase de Carlos Drummond de Andrade". Em seu *Seis poetas e um problema* (Rio de Janeiro: Edições de Ouro, 1967), pp. 60-61.

do Eu, mas esse mal-estar é paralelo e análogo ao outro que marca o sentimento do poeta no mundo. Uma coisa é outra: a mesma dificuldade.

Isso significa que as brincadeiras verbais – a rima e a declaração oblíqua da última estrofe –, encarnações do espírito do chiste, se conectam à idéia drummondiana da expressão como problema. Esta não é apenas uma das sete faces deste poema, mas uma questão fundamental para a concepção do trabalho poético na obra toda de Drummond: ela está na origem de sua reflexão sobre como lidar com as palavras.

Ingênuo, sentimental

Desde o princípio, como se acaba de observar, a marca de Carlos Drummond de Andrade foi a complexidade. Muito diferente do caso de Manuel Bandeira, que havia inaugurado entre nós as formas da poesia moderna e a magia do estilo simples que envolve o complexo, sugerindo a mais pura espontaneidade, a expressão poética de Drummond nunca dá a impressão de correr solta, com naturalidade.[9]

9 Mário de Andrade não tinha decerto essa opinião, pois, como se pode observar na carta citada acima, em que comenta *Alguma poesia*, afirma: "Outra coisa tecnicamente importante é a sua naturalidade de dicção, também perfeitamente espontânea. Você é simples sem artefação nenhuma nos melhores momentos seus. Deixa a frase correr e ela é um regatinho". Cf. *A lição do amigo*, ed. cit., p. 156. No meu modo de ver, trata-se de um equívoco, com enorme conseqüência para a compreensão de todo o trabalho de arte do poeta mineiro e da qualidade de sua poesia. Nunca se deve, >

Ao contrário, ela é sempre objeto de uma procura, o produto de um esforço incessante, da luta com as palavras, que é um dos motivos recorrentes de sua obra e parece corresponder à sua concepção mais funda e dramática do poético: a poesia que é capaz de inundar uma vida inteira e resistir à pena que busca fixá-la num verso.

A diferença que separa os dois grandes poetas é mais importante do que parece à primeira vista, pois se liga ao modo de ser mais íntimo de cada um, e não se reduz exatamente a uma oposição de contrários, lembrando antes a famosa distinção de Schiller entre a poesia "ingênua" e a "sentimental", sem se reduzir, está claro, tampouco a ela.

A "ingenuidade" bandeiriana não é por certo meramente espontânea ou instintiva – na concepção schilleriana o poeta ingênuo se distingue pelo modo de criar natural ou instintivo –, mas depende de uma intenção e de um saber artístico capazes de guiar o poeta na intuição da própria naturalidade, que dá a impressão da mais pura espontaneidade, mas é em grande parte produto de uma construção verbal altamente refletida e

> porém, subestimar as opiniões críticas de Mário, mesmo quando não agradem. Ele pode ter se deixado levar pela infinita generosidade, com relação ao amigo, ao tratar de uma questão que era problemática para ele próprio, como se vê mais adiante (p. 231), na mesma correspondência, pelas considerações que faz sobre a falta de espontaneidade de que o acusavam. Antonio Candido, no excelente ensaio sobre "As inquietudes na poesia de Drummond", chama a atenção, de passagem, para a importante diferença que contrasta o lirismo de Bandeira com o de Drummond: "A força poética de Drummond vem um pouco dessa falta de naturalidade, que distingue a sua obra, por exemplo, da de Manuel Bandeira". Ver o ensaio referido em seus *Vários escritos* (São Paulo: Duas Cidades, 1970), p. 97.

refinada, de uma "fábrica altamente engenhosa",[10] como disse dele o próprio Drummond, pressupondo, além do mais, uma atitude propícia ao encontro da poesia.

O *alumbramento*, súbita manifestação do momento forte em que irrompe o poético, mal esconde a "apaixonada escuta" a que se vê forçado Bandeira para a captação do segredo da poesia. É que, em sua opinião, ela se acha dispersa feito um éter difuso, ou como o metal nobre que só se deixa desentranhar da ganga bruta em raros instantes da existência, quando o poeta pode captá-la como uma emoção particular, distinta da emoção banal.

Mesclada a essa "ingenuidade", há então o sentimento de negatividade do mundo e a ironia, pois se supõe não só que a poesia pertença a uma esfera mais alta, para além do imediatamente dado, e possa manifestar-se de repente com a violência do sublime no chão do cotidiano, mas também que os momentos fortes sejam naturalmente muito poucos, e o alto ande sempre misturado ao baixo.

Essa concepção ironicamente realista nada tem de ingênuo no sentido corriqueiro do termo; antes revela uma aspiração que vai além da realidade imediata, que o poeta se recusa a aceitar e cujo aspecto melancólico denuncia pelo próprio movimento interior do desejo insatisfeito que o leva a ultrapassá-la em busca de um bem maior, a que em geral não dá lugar a vida madrasta.

10 Cf. Carlos Drummond de Andrade, "Manuel Bandeira", na seção "Contemporâneos" de seus *Passeios na ilha*, in: *Obra completa* (Rio de Janeiro: Aguilar, 1964), p. 670.

No entanto, o modo de criar de Bandeira se revela afim àquele que caracteriza o poeta "ingênuo" de Schiller, pois não se vê obrigado à mediação inevitável da reflexão. Identificando-se com a simplicidade humilde, que toma por um valor de base, sua poesia flui espontaneamente seguindo a natureza, fonte escondida, latente sob o chão mais despojado.

Tampouco Drummond é um poeta sentimental, no sentido corrente do termo; ao contrário, parece repelir esse adjetivo, uma vez que adota uma atitude reflexionante e irônica que precisamente evita aquilo que constitui o significado comum, emocional e lacrimoso, dessa palavra.

O conceito de Schiller, que por certo teve de desviar-se dos equívocos que a palavra alemã já então devia conotar,[11] nos leva ao que é característico do poeta "sentimental" e tem tudo a ver com o sentimento refletido, a poesia "pensamenteada" do autor do *Sentimento do mundo*.

Um caso interessante e exemplar para a compreensão da atitude drummondiana tal como se mostra já em seu início é o do poema de *Alguma poesia* que traz no título precisamente a palavra "Sentimental":

Ponho-me a escrever teu nome
com letras de macarrão.
No prato, a sopa esfria, cheia de escamas [3]
e debruçados na mesa todos contemplam
esse romântico trabalho.

11 Ver a esse respeito o cap. III da "Apresentação" de Márcio Suzuki para a ed. cit. do ensaio de Schiller, pp. 23ss.

Desgraçadamente falta uma letra, [6]
uma letra somente
para acabar teu nome!

Está sonhando? Olhe que a sopa esfria! [9]

Eu estava sonhando...
E há em todas as consciências um cartaz amarelo:
"Neste país é proibido sonhar." [12]

O poema lembra imediatamente o final do "Poema de sete faces", pois como ali se trata de uma espécie de idílio constrangido, no qual a confidência do sentimento é barrada por algum tipo de censura (aparentemente aqui a família mineira, envolvida no ritual doméstico da hora da refeição, e a sociedade brasileira que ela representa, em sua repressão ao sonho "romântico").

À primeira vista, estamos diante de uma composição muito simples, tirada da observação da vida de todo dia – até o traço mais trivial e de verve cômica da escrita do namorado com letras de macarrão –, um quadro de gênero da pintura realista, com seu recorte linear de uma cena doméstica à hora da refeição, quando a roda familiar em volta da mesa se dedica à conversa e à troca de experiências.

A marca modernista se percebe logo pelo rebaixamento do poético dos temas elevados para a trivialidade do cotidiano e da fala corriqueira, e pela ironia, que desde o título modula o ideal do sonho romântico em contraste com a realidade bruta que o contradiz, tolhendo sua expressão. O poema, como seu despojamento antipoético segundo os moldes tradicionais, parece então organizar-se, pelo registro irônico de uma perspectiva humorística, diretamente em torno do fato trivial, como uma espécie de poema-piada.

Mas, na verdade, não há fato direto algum aqui, e o chiste é mais complexo, porque sua ironia é mais radical e se une o tempo todo à reflexão. Ela transforma completamente, pela duplicidade que imprime a tudo, a anedota explícita que dá sabor cômico e caráter narrativo ao poemeto. Quer dizer: a cena toda representa, em sua forma objetiva e distanciada de narrativa, uma fantasia do Eu sobre o Eu; ela é a imagem projetada da subjetividade que se dobra sobre si mesma; não um mero registro de fatos, mas um meio de pensamento.

Assim procedendo, o poeta adota, ironicamente, para além da ironia inicial do título, a forma romântica do pensamento para tratar da impossibilidade de um "romântico trabalho", que procura dar forma ao sonho de um namorado. No sentido corrente, "romântico" remete decerto à expressão espontânea das emoções, o mesmo campo semântico a que se vincula comumente o adjetivo "sentimental". A utilização irônica da historieta como meio de pensamento logo manifesta a duplicidade mais intrincada do título e do que se está verdadeiramente tentando exprimir.

O estilo de pensamento dos primeiros românticos é, como se viu, o pensamento reflexivo, que se debruça sobre si mesmo, no esforço inesgotável de procurar no vasto, ilimitado coração, o que não pode alcançar senão por essa via da reflexão. Mas, paradoxalmente, a reflexão – esse pensar sem fim que lembra o sonho – é que impede o sujeito de atingir o que busca em si mesmo, arrastando-o à procura infindável da natureza perdida que é agora só um ideal inatingível, mas próximo sempre pelo empenho do trabalho reflexivo.

Assim, expressa "Sentimental", portanto, o paradoxo do sentimento em sua dificuldade de exprimir-se com naturalidade, de tal modo que só o consegue por via de uma anedota transformada pelo movimento da reflexão em espelho dessa mesma dificuldade que enfrenta o poeta em seu trabalho de dar forma ao sentimento. A historieta da espontaneidade reprimida – o namorado que se empenha em vão no trabalho irrealizável de dar forma ao sonho com letras de macarrão – se faz a mediação reflexiva para uma difícil poesia, depois que a ingenuidade se tornou impossível para a experiência moderna.

Como o poeta "sentimental" de Schiller, Drummond faz da impossibilidade de ser espontâneo o caminho dificultoso da procura da poesia por via da reflexão.

Na verdade, a reflexão se torna o procedimento básico para quem o ato de criar constitui sempre uma recorrente dificuldade, apresentando-se como uma procura da poesia, que é, paradoxalmente também, uma busca da naturalidade, pois revela, nos termos schillerianos, o empenho em "restabelecer a sensibilidade ingênua segundo o conteúdo, *mesmo sob as condições da reflexão*".[12] Para quem já não é natureza, e busca o perdido, o trabalho é dos mais árduos.

12 O trecho citado se encontra numa nota de Schiller "para o leitor que examina cientificamente", à p. 88 da *Poesia ingênua e sentimental*, ed. cit.. Cf. no entanto o comentário importante que o tradutor Márcio Suzuki faz de todo o trecho ao longo de todo o cap. IV de sua excelente apresentação ao ensaio, pp. 31ss.

Assim, a reflexão surge como a condição para que o poeta alcance o que busca e, contraditoriamente, se torna o empecilho para isso. Este paradoxo, central à poética drummondiana, é expresso por diferentes modos, mas quase sempre o poeta se vê encalacrado em situações aporéticas, estrada de fato pedregosa a que teve de se afeiçoar desde a origem distante em Minas.

DIFICULDADES NO TRABALHO

Dificuldades no trabalho

O caminho

Num ensaio notável sobre a "Louvação da tarde", de Mário de Andrade, Antonio Candido chama a atenção para uma modalidade de "poesia itinerante", ou propriamente de meditação ambulante, que caracteriza esse poema, estabelecendo seus vínculos com a tradição romântica e seu papel como passagem para a lírica mais interior da última fase de Mário, numa linha meditativa e analítica, centrada no próprio Eu.[13]

Quase tudo o que está aí dito sobre Mário, talvez se possa repetir sobre seu amigo Drummond, em cuja obra a idéia de caminho é um tópico recorrente e, ligada a ele, a poesia reflexiva, um eixo central, desenvolvendo-se com força de pensamento analítico, como em nenhum outro poeta brasileiro.

Muito dessa força, força de escavação do Eu sobre o Eu até sua raiz no mundo, deriva do movimento rotativo do eixo do pensamento sobre si mesmo, da infinitude da reflexão de origem romântica.

13 Ver A. Candido, "O poeta itinerante", em seu *O discurso e a cidade* (São Paulo: Duas Cidades, 1993), pp. 257-278.

Parecido ao caso de Drummond é, na poesia contemporânea norte-americana, o de Wallace Stevens, cuja teoria poética, sempre vinculada à prática de sua poesia reflexiva, atribui uma função básica na atividade mental à imaginação, como capacidade de transformação da realidade em consciência da realidade, colocando-se no centro da tradição romântica. Seguidor de Coleridge, situa com nitidez esse poder plasmador – *esemplastic* – da imaginação em posição mais alta, distinguindo-o da capacidade diversa da fantasia, que se limitaria a rearranjar os dados da experiência acumulados pela memória. Como observou Northrop Frye, sua concepção da imaginação envolve a emoção e a razão, mas o poeta manifestava sempre a confiança no poder da forma particular e concreta que a primeira é capaz de imprimir, à revelia das duas últimas, que poderiam conduzir a equívocos, dissolvendo no vago ou no geral o esforço de dar forma à poesia.[14] Semelhante ainda à atitude irônica de Drummond quanto aos exageros do sentimento, a Stevens sempre lhe pareceu um erro "romântico" a dissolução emotiva dos limites da mente individual em busca de alguma espécie de dimensão universal ou panteísta, embora ironicamente dependesse em profundidade da herança romântica.

O que, no entanto, parece fundamental para a poesia reflexiva de Drummond, com relação ao legado meditativo dos românticos, é a mediação de Mário de Andrade, que exerceu um

14 Cf. Northrop Frye, "The Realistic Oriole: a Study of Wallace Stevens" (1957), in: John Hollander (org.), *Modern Poetry: Essays in Criticism* (Oxford: Oxford University Press, 1968), pp. 267-284, sobretudo pp. 270-271. O ensaio se acha também na coletânea do autor intitulada *Fables of Identity. Studies in Poetic Mythology* (Nova York: Harcourt, Brace and World, 1963).

papel decisivo na formação do poeta mais jovem, como se vê pela correspondência que o mineiro enfeixou em *A lição do amigo*. Para se ter um idéia do fervor dessa amizade – não se deve esquecer que *Alguma poesia* foi dedicada a Mário – e de como Drummond se embebeu no espírito e em muitas das preocupações estéticas, políticas e humanas em geral do companheiro de viagem, basta atentar para o seu aproveitamento fino, percuciente e criativo das próprias palavras das cartas que lhe endereçou o amigo querido e armadíssimo pela experiência da liderança intelectual do Modernismo.

Numa carta extraordinária do final de sua vida, datada de 2 de fevereiro de 1945, Mário escreve a certa altura: "Ando fazendo um poema chato, pesado, difícil de ler, longo demais, duro nos ritmos, cadencial, bárdico, uma espécie de 'Meditação sobre o Tietê'".[15] Nenhum leitor de Drummond deixará de perceber aqui a fonte de uma das mais belas reflexões do poeta de Itabira sobre sua própria arte, que é a "Oficina irritada", de *Claro enigma*:

Eu quero compor um soneto duro
como poeta algum ousara escrever.
Eu quero pintar um soneto escuro,
Seco, abafado, difícil de ler.

Antonio Candido frisou, com a precisão habitual, a genealogia romântica inglesa dos poemas de cunho meditativo de Mário, que a eles se referia com humor como difíceis de ler,

15 Cf. op. cit., pp. 242-243.

também na correspondência com Bandeira. Nela se refere ainda a esse tipo de poema "construído com o pensamento condicionando o lirismo" e "duma ardência como que escondida porque inteiramente interior", pensando no poema inglês de Shelley, Keats, Wordsworth, Swinburne, Yeats... Parece não ter sido outro o caminho da lírica reflexiva de Drummond, a quem Mário deve ter servido de exemplo:

> [...] *Para aqui muitas vezes voou*
> *meu pensamento.*[16]

A pedra e a reflexão

Escrito em fins de 1924 ou no início de 25, o famoso "No meio do caminho" foi publicado pela primeira vez no nº 3 da *Revista de Antropofagia*, em 1928, sem causar, que se saiba, qualquer celeuma:[17]

> *No meio do caminho tinha uma pedra*
> *tinha uma pedra no meio do caminho*
> *tinha uma pedra*
> *no meio do caminho tinha uma pedra.*

16 Cf "Mário de Andrade desce aos infernos", em *A rosa do povo*

17 O histórico da repercussão do poema foi muito bem traçado por Arnaldo Saraiva na "Apresentação" da coletânea *Uma pedra no meio do caminho. Biografia de um poema, com seleção e montagem de Carlos Drummond de Andrade* (Rio de Janeiro: Editora do Autor, 1967).

Nunca me esquecerei desse acontecimento
na vida de minhas retinas tão fatigadas.
Nunca me esquecerei que no meio do caminho
tinha uma pedra
tinha uma pedra no meio do caminho
no meio do caminho tinha uma pedra.

Incluído em *Alguma poesia*, provocou um vendaval na década de 30, quando já a revolta modernista da primeira hora parecia assentada. Tornou-se então objeto de chacota e impropérios, mas também de aplausos, mantendo acesa a chama da polêmica por muitos e muitos anos. É, por isso, um dos poemas mais conhecidos de Drummond.

Como pedra de escândalo em que todos tropeçam, é sempre citado, mas só considerado de passagem e, na verdade, pouco estudado analiticamente, apesar da grande importância para a compreensão da obra toda.

Nele, pela primeira vez, surge uma situação que depois se tornará recorrente no conjunto, o encontro do poeta com algum obstáculo que lhe barra a passagem ou interfere em seu caminho. Como toda situação reiterada, essa pode adquirir um papel simbólico, virando parte de uma história maior, e muito mais do que prometia à primeira vista, apesar do impacto inicial.

Com efeito, o poema começou por instaurar o pânico na visão tradicional da poesia, pelo choque de sua nova concepção do poético: a poesia já não era o que se pensava. Ficava evidente o que então não se sabia direito, mas se tornaria a condição geral de toda a arte moderna: o seu lugar incerto, ou, no caso específico, a dúvida sobre o que se considerar poesia.

No entanto, o poeta, ensimesmado na reflexão, não parecia ter dúvida alguma sobre a invenção do novo. Baixava o poético das alturas tradicionais para o plano da experiência cotidiana, quebrando a mesmice por um golpe surpresa, feito um seco e enigmático *koan*, desferido na cabeça da percepção entorpecida. Sua arma era decerto o chiste, juntando seriedade ao cômico.

Era fácil sentir o golpe. O emprego do verbo ter, em vez de haver, no primeiro verso, até hoje assusta os puristas; o espaço nobre da poesia escrita vinha tomado pela fala coloquial; os mesmos segmentos de verso se repetiam mecanicamente quase no poema todo, pregando uma peça permutante, absurdamente antipoética segundo os padrões habituais, que fugiam da redundância; por fim, a completa banalidade do que ali se considera literalmente um *acontecimento*, isto é, topar com uma pedra no caminho.

Parecia piada. E era, mas combinada a um núcleo grave e reflexivo, efeito, por assim dizer, da topada.

Diferentemente do "Poema de sete faces", em que se observa, conforme se analisou, o rebaixamento do poeta, agora o fundamental é o deslocamento, também para o terra-a-terra, do poético, aproximando-o da esfera baixa do cômico, para transformá-lo, no entanto, mais uma vez por via da reflexão, em problema sério. Mário de Andrade, que acompanhou com carinho o poeta desde os primeiros passos, disse com precisão que o poema era irritante, mas iluminador, um símbolo.[18]

Provavelmente o que nele podia parecer o mais irritante – o ramerrão repetitivo –, aos olhos de hoje, se torna, ao con-

18 Cf. *Uma pedra no meio do caminho*, ed. cit., p. 61.

trário, não só seu principal procedimento de construção, mas um realce a mais de seu poder inovador.

O essencial não é apenas a repetição, recurso que funda o ritmo e sem o qual nenhuma poesia pode passar, mas a forma particular que assume aqui, como arte combinatória dos segmentos de verso, reafirmando o alto engenho sintático de Drummond, o poder de articulação com que tece seu pensamento poético.

Aqui ele se mostra como um lance permutativo, que pela troca repetida de partes de verso faz de novo do texto tecido verbal, tramado pelo retorno rítmico dos segmentos como lançadeiras de um tear, repisando pela repetição circular e infindável o efeito na alma do desconcerto da pedra no meio do caminho.

A reiteração constante tem algo de cômico porque parece a rigidez mecânica e absurda de uma roda do infortúnio da qual não se pode escapar; na sua mesma comicidade grotesca conota ainda algo de terrível, cujo efeito corrói a alma, ensimesmada e abatida diante da pedra irremovível. Esse ritmo de eterno retorno é também o movimento da reflexão que sempre volta ao mesmo ponto, como a uma idéia fixa.

Mas no meio do caminho (e do poema), sem se interromper o esforço reflexivo, da mesmice surge a diferença da fadiga, do desalento, da perplexidade, elementos que compõem, na verdade, um complexo sentimento de não-poder do Eu, em que se observa uma atitude parecida à do "Poema de sete faces":

Nunca me esquecerei desse acontecimento
na vida de minhas retinas tão fatigadas.

Aí se encontra o eixo emotivo e intelectual da reflexão; ao redor dele gira o círculo das repetições infindáveis, a que retornará logo em seguida, obrigatoriamente, o próprio movimento reflexivo, sem saída frente ao obstáculo. A situação é decerto aporética, mas a ênfase não recai no esforço de decifração da pedra, que permanece enigmática, e, sim, no efeito que causa no mais íntimo (como a memória indelével de um trauma).

A rigor, o poema se reduz, portanto, a uma situação narrativa básica – a do caminhante que se defronta com o obstáculo –, situação essa que se converte no drama íntimo de quem se abate diante da barreira.

Visto assim no todo, o chiste parece uma "anedota de abstração",[19] próximo do mito, em sua forma de continho concreto, mas com alta voltagem de generalização, prestando-se à recorrência.

Na verdade, *faz pensar* de novo no *acontecimento* no meio do caminho: a pedra está no início de tudo e também, no fim. Atingindo a sensibilidade do poeta, ela desencadeia a reflexão, pois cria a aporia que está no princípio de todo querer saber.

A reflexão desencadeada faz dela, por sua vez, objeto do pensamento, o qual a recolhe ao interior da subjetividade, ao mesmo tempo que a devolve como experiência constitutiva de uma forma objetiva de linguagem, o poema, em que ela é de novo a pedra "No meio do caminho".

Nessa historieta circular, o que está em jogo, portanto, é sempre o princípio e o fim da criação poética: a pedra será,

19 A expressão é de Guimarães Rosa, no prefácio "Aletria e hermenêutica". Cf. *Tutaméia. Terceiras estórias* (Rio de Janeiro: José Olympio, 1967), p. 3.

recorrentemente, a pedra no caminho de toda criação drummondiana. Nela reside a dificuldade básica que para ele funda a criação: é fator desencadeante e, simultaneamente, entrave do ato poético.

A pedra é o que move o poeta à reflexão e à procura da poesia, que ela, entretanto, barra, obrigando-o ao círculo infernal da busca sem fim, a retornar indefinidamente.

"No meio do caminho" pode sugerir, pelo título, uma alusão paródica ao princípio do poema de Dante e ao desgarramento fundamental do poeta. De fato, a questão do exílio do poeta desgarrado da reta via, perdido nos círculos infernais, parece de algum modo ainda encontrar eco nesta errância sofrida de um poeta moderno que ao começar, debruçado sobre o próprio ato fundador da criação, já vem ironicamente marcado pela fadiga do caminho infindável, que mais parece impedimento que via certa do encontro.

De algum modo ele já começa pela perplexidade de buscar o perdido, o que de fato deixa confundido o coração. No meio do caminho, o que se encontra de verdade é o sentimento tortuoso da fraqueza e da falta de jeito, a sensação de não poder nada frente ao sem-fim da dificuldade.

O poemeto constitui, portanto, não só a pedra de escândalo modernista que marcou a inauguração do universo poético de Drummond, pelo rebaixamento inesperado, irônico e contundente da poesia ao terra-a-terra mais trivial, mas a meditação básica e simbólica do poeta sobre o ato criador, cujo caráter problemático vem aí expresso curto e grosso como um desaforo para quem podia esperar do poético só mistério e elevação.

O exemplo podia ser outro, mas o que está em jogo é sempre a apreensão intelectual e imaginativa dos fatos e dos estados sentimentais numa forma particular e complexa, a que não falta o agudo senso de humor e sempre, em dimensão profunda, refletida na tortuosa interioridade, a relação complicada consigo mesmo e com o mundo de fora. É sobre esse labirinto que convém agora meditar.

Sem saída

Os hymenopteros experimentão metamorphoses completas.
Dr. J. Ph. Anstett, *História natural popular*, 1894, II

ÁPORO

Um inseto cava
cava sem alarme
perfurando a terra
sem achar escape.

Que fazer, exausto,
em país bloqueado,
enlace de noite
raiz e minério?

Eis que o labirinto
(oh razão, mistério)
presto se desata:

em verde, sozinha,
antieuclidiana,
uma orquídea forma-se.

Este pequeno poema, que tem atraído tantos leitores e estudiosos da poesia de Drummond, é de fato um perfeito enigma, cuja complexidade desafia a leitura crítica. Nada mais estimulante para a crítica que o labirinto, onde diversas vias se emaranham, sem deixar solução à vista. Uma obra que se pode ler de muitas maneiras também pode decerto durar.

Como já ficou assinalado, antes e depois da publicação de "Áporo", o autor várias vezes formulou a idéia, enredada em reminiscências míticas, do encontro com algo que barra o caminho, provocando a reflexão: a pedra, a "forma obscura", a "máquina do mundo".[20] Em Tebas ou em Minas, o caminho tende a se confundir com o traçado da existência, e o obstáculo, com a nossa persistente cegueira.

Agora a adivinha está diante do leitor. É preciso decifrá-la, ou ao menos tentar.

Incluído num grande livro, *A rosa do povo*, livro longo e difícil, o breve poema pode ser destacado como um ponto alto, não só pela qualidade em si, mas pelo caráter exemplar com relação ao conjunto da obra. É que contém, em máxima condensação, características básicas da lírica reflexiva e problemas centrais que o poeta enfrenta e supera com seu trabalho. Nele se vê como Drummond faz da dificuldade arte.

20 O poema "O enigma", de *Novos poemas*, começa exemplarmente: "As pedras caminhavam pela estrada. Eis que uma forma obscura lhes barra o caminho. Elas se interrogam, e à sua experiência mais particular". Cf. também, no mesmo sentido, "A máquina do mundo", de *Claro enigma*.

Tempos atrás, Décio Pignatari se deteve a estudá-lo. Ao descrevê-lo formalmente, fez uma série de observações esclarecedoras sobre aspectos parciais, mas importantes da construção do texto, deixando claro o método "indicativo" que inventou para sua leitura.[21]

Em primeiro lugar, registra, transcrevendo verbetes de vários dicionários, desdobramentos semânticos da palavra "áporo": um problema sem saída, com solução difícil ou impossível (sinônimo de aporia); um gênero de plantas da família das orquídeas; um inseto himenóptero, da família dos cavadores, e outros significados próximos a esses (sem que em nenhum dicionário se possa encontrar os mesmos elementos na exata ordem textual).

Descreve, em seguida, a metamorfose do inseto em flor-poema. O percurso sonoro-semântico desse termo e de sua ação (cavar) se imprimiria, isomorficamente, na tessitura física dos signos, ao formar-se a orquídea e o poema, através de uma cadeia de aliterações verticais, completando-se o processo com a sílaba central do "inseto semiótico" em posição de libertar-se ("forma-*se*").

Comenta também o tratamento parodístico de miniaturização do "inseto-soneto": decassílabos tradicionais rasgados pelo meio em pentassílabos; glosa crítica de expressões pseudocastiças ("Eis que", "Oh razão"); enlace entre ritmo e significado, a ponto de insinuar de repente, em compasso de valsa

21 Ver Décio Pignatari, "Áporo (Um inseto semiótico)", in: *Contracomunicação* (São Paulo: Perspectiva, 1971), pp. 131-137.

romântica, uma inflexão irônica sobre a própria forma do soneto. Sugere ainda, sem crer que se possa com ela acrescentar algo de essencial, uma abertura à interpretação, entendendo por isso alusões referenciais a certos fatos histórico-políticos da década de 40 a que fragmentos do texto poderiam se prestar (como "país bloqueado", relacionado com o Estado Novo, ou "presto se desata", com a libertação de Luís Carlos Prestes...).

Termina, enfim, por um juízo de valor: "uma das peças mais perfeitas e mais criativas, em âmbito internacional e dentro da tradição do verso pós-Mallarmé", nível que Drummond só atingiria, segundo ele, muitos anos depois com "Isso é aquilo".

A primeira impressão do poema vem de fato do fascínio do desconhecido que emana dessa palavra rara e estranha do título. Ela nos atrai, despertando a curiosidade para o que desde logo se oculta: da aporia brota, como sempre, o espanto, e com ele, o desejo de conhecimento. Desde o princípio, "Áporo" faz voltar à raiz da dificuldade de conhecer, à reflexão que retoma de novo o caminho.

O impedimento que barra a passagem também cria mistério e provoca interrogações, lembrando os disparates do sonho, ou a surpresa do mito, pelos argumentos em contradição. Tudo isso percebemos junto com o corte irônico do sonetilho, que vai na mesma direção paradoxal: o poema se abre para o impasse, inserindo o leitor na situação sem saída do inseto, cujo percurso deve seguir.

Dar aqui o primeiro passo significa, portanto, penetrar num labirinto verbal, cuja dificuldade interna se espelha, para nosso espanto, na forma circular da construção. Árduo caminho, o de procurar caminhos para tentar responder à dificuldade.

A pesquisa de Pignatari em torno do termo inicial tem a vantagem de, desgarrando-nos do inesgotável fascínio, chamar de imediato a atenção para a construção objetiva do texto, de que permite compreender um aspecto revelador: a concepção do poema com certeza derivou da leitura sagaz e do levantamento das palavras "em estado de dicionário", a que se refere o poeta na "Procura da poesia".

Com efeito, o dicionário é aqui um fio de Ariadne: fica patente que os principais núcleos semânticos do vocábulo estão alinhavados no texto. Mas o que se fez precisamente com eles é que são elas.

Em primeiro lugar, nota-se que a trama textual decorre da interpretação de um significante ("áporo") e se constrói com os seus múltiplos significados enlaçados, de modo que dessa operação resulta um novo significante "Áporo", o poema. O curioso é que o resultado se define pela origem, e esta, por sua vez, igualmente pelo resultado; assim se gera uma reversibilidade entre os termos, concretamente expressa pela transformação do inseto em orquídea (e em poema), ou seja, pelo tema mítico da metamorfose, repetindo-se a circularidade que fascina de pronto o leitor. Ligada à metamorfose, a insinuação do labirinto, mencionado diretamente no interior do texto, já está implícita no movimento da construção.

Na esfera da linguagem, a relação entre significante e significado tem, segundo se sabe, a reversibilidade como uma de suas propriedades fundamentais. Mas na seleção específica de signos (o inseto e a orquídea) que o poeta opera na definição de áporo, se constitui de imediato uma analogia com a esfera da vida na natureza. A conversibilidade de um termo em outro se parece, por exemplo, ao que ocorre, em botânica, com a reprodução de certas espécies em que uma planta-mãe pode se tornar filha de sua filha, como num conhecido poema de Apollinaire, "Les Colchiques", no qual se lê a desconcertante expressão "*mères filles de leurs filles*".[22]

No caso de "Áporo", em que o poema descende de um signo que ele mesmo gera, a historieta da metamorfose do inseto em flor sugere uma aproximação analógica aos ciclos biológicos da transformação natural de certas espécies de animais e plantas – os insetos himenópteros de fato se metamorfoseiam – e, por essa via, à esfera do mito.

O simples aproveitamento do motivo da metamorfose, tal como aí se mostra, já suscita por si mesmo a semelhança com o universo mítico, com suas identidades deslizantes ao sabor do desejo, ao mesmo tempo que a dificuldade do caminho que emperra a perfuração do inseto (e a penetração do leitor), obrigando à recorrência, evoca o arquétipo do labirinto. Um ritmo de repetições persistentes deriva da aporia; metamorfose e labirinto são formas de retorno sobre os mesmos passos, mas a reflexão, para avançar, também retorna por onde veio.

O áporo enquanto inseto nada tem a ver, certamente, com a orquídea, mas ambos, inseto e orquídea, se referem ao mesmo significante na origem, fazendo parte de uma mesma

22 Lévi-Strauss fez uma minuciosa análise dessa expressão, partindo de propriedades botânicas para mostrar o papel simbólico da planta tratada por Apollinaire a que os antigos botânicos denominavam *filius-ante-patrem*. Cf. desse autor, "Une petite énigme mythico-littéraire", in: Jean-Pierre Vernant e outros, *Le Temps de la réflexion* (Paris: Gallimard, 1980), pp. 133-141.

história desenvolvida no texto. Ao conectá-los, a historieta envolve de fato uma extrema dificuldade, pois deve superar a contradição que opõe os seres nela enredados, uma vez que se trata de seres completamente distintos em sua identidade de animal e de flor. No entanto, o primeiro se converte no segundo, integrando a contradição: só no mito, e na metáfora poética, que é um mito em pequeno, como afirmou Vico, se abre a possibilidade de deslizamento da identidade, à maneira de "isso é aquilo", para lembrar termos de Drummond.

É assim que "Áporo" cria, à semelhança do mito propriamente dito, uma forma mítico-poética a partir de meras palavras do dicionário, guardando, ao que parece, uma das propriedades míticas fundamentais que é a de superar na esfera de uma narrativa imaginária contradições aparentemente insuperáveis na ordem do real, uma vez que nele se cumpre, apesar da dificuldade, a mudança do inseto em flor.

O significante inicial pode ter surgido de um achado casual de leitura, mas o poema, significante final, estabelece relações necessárias entre os termos que desdobram as denotações da palavra-chave numa nova estrutura, que é a do mini-soneto, no qual esses materiais aproveitados ressurgem, também eles, completamente mudados. O que permite a metamorfose interna do inseto em flor não é, obviamente, um processo da natureza, embora se faça à sua semelhança; é o resultado de um esforço humano de mudança: a do trabalho do poeta com as palavras talvez achadas no dicionário.

Essa transformação dos materiais, que dá lugar à metamorfose interna do inseto em orquídea, é muito mais complexa do que parece à primeira vista e deve ser analisada detidamente.

Com efeito, ela decorre em parte da mobilização dos elementos lingüísticos encontrados talvez ao acaso, mas depende sobretudo do trabalho do poeta e de como funcionou sua imaginação despertada pelo achado.

Na verdade, ele transformou radicalmente os materiais pelo "enlace" que estabeleceu entre os significados divergentes de "áporo" num novo contexto, o da forma acabada do poema. Ao contrário do que afirma Pignatari, essa transformação não cria, porém, um dicionário próprio ou um antidicionário, pois "As palavras não nascem amarradas", conforme está dito na "Consideração do poema".

Essa mudança realmente radical consiste na *articulação*, antes inexistente, entre termos absolutamente divergentes entre si quanto à expressão e ao significado. Eles nada parecem ter em comum, a não ser seu passado de dicionário ligado ao signo "áporo" e, no entanto, vão formar, em novo contexto, um todo completo, um enredo (também chamado de *mythos*, na acepção aristotélica da *Poética*).

Isso quer dizer que os materiais foram trabalhados numa direção que lhes deu coerência pela forma de organização: a da narrativa, e passaram a constituir a historieta do inseto cavador que se metamorfoseia, após um caminho difícil, de súbito e contra toda lógica, numa orquídea.

A grande novidade é que, sem anular as divergências que

transporta, o enredo é uma outra coisa, que é preciso interpretar. Resultado da transformação, ele é muito mais que seus componentes: constitui uma forma significativa, cujo sentido faz parte de seu modo de ser, o do poema como um todo. É exatamente por isso que as aliterações verticais destacadas por Pignatari podem fazer sentido: recebem a determinação do contexto total em que se inserem e só são percebidas como significativas por serem partes do mesmo todo. Infelizmente, não bastam para descrevê-lo.

As palavras deixam de ser o que eram, entram numa combinatória que cria um contexto lingüístico também diverso, no qual já não se referem diretamente ao que está fora, mas antes entretêm entre si relações inesperadas de atração e repulsa: a dança rítmica da sua nova sintaxe, de que brota secretamente a integração do som com o sentido.

Essa metamorfose radical que o poeta, lidando apenas com meras palavras do dicionário, opera na raiz do poema, é seu trabalho de arte.

Esses elementos não estavam juntos desse modo no contexto original, mas viraram partes da mesma história posterior. Nela se estabelece uma continuidade coesa entre termos que em princípio eram não apenas completamente heterogêneos e divergentes, mas também descontínuos.

A arquitetura do labirinto encerra o caos numa ordem secreta para o caminhante perder-se de novo nele, mas organiza de algum modo a multiplicidade, articulando o heterogêneo e o divergente numa ramificação com sentido oculto; forma, assim, uma espécie de narrativa em que por trás dos desencontros está sempre a busca do centro.

A continuidade do descontínuo, própria da forma mítico-poética que assume aqui a narrativa, faz reviver, porém, reatualizando-o, o núcleo de uma história pregressa muito mais remota, a da mudança arquetípica, ou seja, a metamorfose; evoca também essa outra imagem primordial a ela conjugada, o labirinto: a passagem difícil que barra o caminho do inseto, embaraçando a transformação. São estes, com certeza, motivos recorrentes a que estamos habituados por força da tradição, sobretudo pela importância que a ressonância mítica dessas imagens teve ao longo da história da literatura ocidental. Basta pensar na novidade, sempre renovada através dos séculos, das *Metamorfoses* de Ovídio.

Todavia, o mais importante é observar o modo particular como operou o poeta ao relacionar-se com esses tópicos da tradição. Em seu *modus operandi* pessoal se revela o novo sentido que, com sua imaginação criadora contemporânea, atribuiu a esses motivos mitológicos cediços, atualizando-os, sem dúvida, mas sobretudo conformando-os à mudança mais profunda com que tratou todo o material com vistas a outros fins. Essa mudança dos elementos da mitologia tradicional depende, no caso, do próprio rumo que deu à historieta do inseto.

De fato, o poeta, com o que pode ter achado, não fez apenas um argumento narrativo em que ecoam vibrações arquetípicas.

Na verdade, dramatizou-o numa cena direta, narrada no presente, fazendo-o corresponder de algum modo a seu momento histórico (como, aliás, também procurou fazer Ovídio, trazendo a sucessão de metamorfoses mitológicas para o período histórico de Augusto).

Ao mesmo tempo, insuflou nele um andamento diverso,

que é o do discurso rítmico das redondilhas menores em que moldou o soneto. Ritmo e história contemporânea mudam completamente os ecos do mito, transformando a fábula intemporal num problema concreto do tempo presente. A historieta muda completamente de sentido, embora por sua estrutura verbal mantenha ativa a caixa de ressonâncias da memória mítico-literária.

Assim, o discurso poético está aqui modificado tanto pelo tempo da história a que de algum modo corresponde o movimento reflexivo da consciência do poeta, quanto pelos ciclos da natureza, glosados pelo ritmo de recorrências dos versos.

Na verdade isso se torna possível porque a reflexão rítmica que toma forma no poema se baseia nos ritmos do trabalho: o poeta toma como modelo o persistente trabalho de perfuração do inseto na natureza, dando forma humana ao conteúdo natural. Por meio do ritmo repetido dos versos e das recorrências da narrativa, sugerindo metamorfoses e labirintos, glosa poeticamente os movimentos do mito e da história, articulando-os numa forma una, rítmico-narrativa, pois no fundo mito e história são dois modos humanos de exprimir uma idêntica dificuldade.

Imitando o movimento dos ciclos naturais, a cadência rítmica segmenta a cada passo a narração pelo retorno periódico dos tempos marcados e dos versos, mas, a uma só vez, arrasta consigo as imagens, isoladas e desdobradas no tempo, rumo à unidade do todo. Por esse meio, o poema, retornando sempre à origem e à intimidade do sentimento, pelo ciclo das recorrências de tópicos e acentos rítmicos, não perde a capacidade de incorporar o presente, refletindo-o, com perplexidade, no espelho da consciência.

Assim, todas essas mudanças bem visíveis que incidiram nos materiais recolhidos do léxico e da tradição só se efetivam e ganham sentido porque dependem da transformação mais funda, mais radical, operada pelo trabalho do poeta sobre a matéria até a forma acabada do poema. E o fundamento do trabalho do poeta é sua reflexão.

O que muda tudo, o que dá outro sentido à historieta do inseto encenada nos versos, é sua incorporação à matriz reflexiva drummondiana: ela traz espelhado nas voltas internas da subjetividade o sentimento do mundo presente, que imprime outra direção, atualizando-a, à narrativa exemplar do inseto.

CAVANDO NO LABIRINTO: O PEQUENO E O GRANDE

Abrindo-se, porém, pela narrativa, o poemeto como que encobre de início o sujeito lírico, a voz central que define esse gênero de composição. Todo o primeiro quarteto está dedicado à observação distanciada do trabalho épico do inseto que busca cavando, sem chamar a atenção ("sem alarme"), o escape.

Trata-se, desde logo, de um paradoxo, pois um trabalho minúsculo, sem alarde – em "alarme" parece soar um contexto aflitivo de guerra ou de perigo iminente –, não dá margem suficiente para o épico, que supõe um conteúdo chamativo, de vasto assunto, que se contempla com sereno distanciamento. Mas o assunto enorme está realmente em volta e dentro: o contexto histórico não vem apenas referido no bloqueio do país; retorna também na atmosfera de sonho, opressiva e angustiosa, que a luta vã do inseto evoca, espelhando concretamente o drama da consciência do poeta. Tudo isso, porém, à primeira vista toma a dimensão do infinitamente grande que torna ridículo o foco de atenção no infinitamente pequeno.

Pode-se imaginar que o épico deva ser entendido apenas enquanto gênero narrativo, sem a envergadura e extensão de sua manifestação clássica. Mas mesmo assim, se trata de um reles inseto, um ser diminuto na escala geral dos seres vivos: que interesse pode ter para motivar uma história? Ou então, qual o sentido de se dar importância à anedota insignificante de um inseto?

Apesar de tudo o que se possa pensar contra, os quatro primeiro versos insistem em narrar as peripécias inexistentes da mínima e única ação praticada pelo pequeníssimo ser, o trabalho que o define: cavar.

A repetição desse verbo no início do segundo verso, recurso a que a retórica dá o nome de anadiplose, instaura, pondo-o em destaque, o ritmo regular e persistente do trabalho sem saída, martelado, insistentemente, até o fim da estrofe:

Um inséto cáva
cáva sém alárme
pérfurándo a térra
sém achár escápe.

Como se pode observar, os pentassílabos têm acentuação ímpar, na terceira sílaba, mas a partir da reiteração da palavra *cava*, fortemente acentuada, tendem a receber também um acento enfático na primeira. Acompanham então o ritmo binário da forma verbal "cáva" – uma sílaba forte e outra fraca –, fazendo o acento recair mesmo em monossílabos átonos, como a preposição "sem", ou o prefixo *per* de "perfurando", tão expressivo da insistência, no verso seguinte.

O trabalho do inseto ganha um realce surpreendente pelo ritmo repetido, impondo-se contraditoriamente à atenção, uma vez que, por sua insignificância, não deveria fazê-lo. A persistência, unindo som e sentido, provoca a estranheza.

Além disso, a essa reiteração marcante dos acentos se soma a repetição das vogais abertas [*a*] e [*é*], às vezes precedidas ou seguidas do som rascante dos erres, formando rimas toantes ou o ressôo do eco interno; tudo se coaduna ainda à aliteração das sibilantes, que ciciam feito inseto multiplicado, em mato tropical. E desse modo, os sons repicados em ritmo batido compõem uma harmonia imitativa e onomatopaica, repercutindo o trabalho miúdo, porém tenaz do cavador. O resultado é que a fábula curta só dura pouco, mas ecoa na memória persistentemente, como uma narrativa saída dos fundos da terra e do tempo para permanecer exemplar.

Sobre ela se debruça então, na segunda estrofe, o sujeito, que sem se autonomear, apenas manifesta a perplexidade interrogativa de sua reflexão diante do que fazer. Ao contemplar a cena inicial, tornando-a objeto da reflexão, identifica-se à perspectiva exemplar do inseto, acolhendo-a no pensamento. No seu monólogo perplexo, junta a dupla dimensão, como se não pudesse "fugir ao mínimo objeto", e tampouco "recusar-se ao grande".[23]

É que, assim, transporta o problema do trabalho ínfimo para a terra dos homens, fundindo-o em seu próprio trabalho, emparedado como o outro, diante de uma barreira sem tamanho. A entrada da reflexão muda o ritmo percutido da cadência

23 Cf. "Consideração do poema", em *A rosa do povo*.

binária da luta do inseto para o enlace mais amplo, o movimento agregador do pensamento (com o compasso ternário de valsa a que se referiu Pignatari, frisando o comentário irônico sobre a própria forma do soneto).

Com efeito, o movimento reflexivo do pensamento torna evidente, no segundo quarteto, que a perspectiva da dificuldade do inseto que cava em vão transforma-se na perspectiva problemática de quem o contempla:

Que fazer, exausto,
em país bloqueado,
enlace de noite
raiz e minério?

Isso significa que o soneto deixou de ser só a narrativa dramática do inseto que cava no labirinto até virar flor e poema. Na verdade, é agora a imagem do sujeito que reflete sobre a historieta exemplar, transformando-a não apenas em objeto de pensamento, mas em retrato de sua própria dificuldade.

O isomorfismo que identifica o conteúdo da historieta à própria expressão material dos signos do poema que a narra (conforme observou Pignatari) apenas confirma o movimento interior do pensamento que toma o exemplo da natureza como objeto da reflexão sobre a própria dificuldade do trabalho de dar forma.

Caminho difícil do saber e do mito, "Áporo" é também o árduo percurso da poesia tal como se espelha na consciência do poeta, debruçada sobre o próprio fazer sem saída.

É prudente retomar devagar esse caminho dificultoso; desvendá-lo depende de ensaiar por tateios. No centro do poema se topa com o nó do enredo; mais uma vez no meio do caminho, o enigma de uma imagem:

enlace de noite
raiz e minério.

E o que há no meio dela? A simples questão recoloca a aporia, cumprindo-se o círculo e o impasse. O caminho sem saída, limite extremo, exige a recorrência infindável: *a-poros*, a não-passagem, tem a mesma raiz de *apeiron*, o infinito.

Esse momento agudo da dificuldade de passar é também o momento mais cerrado da articulação (o momento do "enlace"), pois é quando se reúnem os elementos mais heterogêneos na construção labiríntica.

O termo "labirinto", que aparece na estrofe seguinte, designa com perfeição o impasse: aí se reúnem em laço apertado múltiplos caminhos e nenhum. O labirinto ideal deve circunscrever no menor espaço o enredamento de veredas mais embaraçoso que se possa imaginar: "noite / raiz e minério" sugerem o impenetrável, o que se oculta sem deixar brecha. O máximo limite nos encadeia ao infinito, que nos dissolve no difuso, nos perde em trevas, nos enterra no inalcançável – abismo atrás de abismo.

Em meio à perplexidade, pode-se remontar ao mito, mas desde a fonte mítica, o labirinto é o lugar da ambivalência – o machado de duplo gume, chamado *labrys*, pode ter dado origem à palavra – e da mistura heterogênea, de que o monstro, metade homem, metade touro, é o símbolo. A arquitetura dos caminhos desencontrados foi atribuída, como se sabe, a Dédalo, personagem lendária cujo engenho articulatório parece encarnar a inteligência prática a que os gregos deram o nome de *metis*: ao novelo de histórias de sua astúcia se liga também o fio de Ariadne. A memória do mito nos enlaça a dificuldades ainda maiores e só reforça o nó, no centro do enredo.

A primeira impressão da imagem drummondiana é a de que junta coisas disparatadas, feito um amontoado de refugos que barra a passagem, repercutindo a dificuldade do título. Como um entremeado de representações de coisas, lembra o conceito de inconsciente de Freud, com suas "verdadeiras cargas de objetos" (o cavar diminuto do inseto pode de repente assimilar-se ao trabalho do inconsciente buscando passagem através do labirinto simbólico).

Submetidos à ignorância diante da aporia, estamos como que atados, ou acorrentados, como observou Aristóteles,[24] à espera da libertação. A idéia do "enlace", que logo depois "se desata", desfazendo o labirinto, é o nó formal que articula os elementos centrais do enredo, prendendo juntos no todo os signos divergentes da imagem.

O centro oculto do labirinto é também o centro do enredamento, onde as unidades significativas, dando primeiro a impressão de soltas ou dispersas, acabam por se ligar inextricavelmente. Mas o ponto máximo da dificuldade pode ser o limiar da revelação.

24 Cf. *Metafísica*, 995a32.

É aí que o mito se articula com o *logos* (o que se exprime, ironicamente, pelo oxímoro "oh razão, mistério") e, unindo-se ao mesmo movimento contraditório da reflexão, como acima se apontou, se transforma em problema concreto para o fazer humano, ou seja, em história. Esta, a mais inesperada das metamorfoses.

A palavra "mistério" que, na origem, se liga à idéia de fechamento (*mysterion* vem de *myein*, "fechar ou estar fechado"), se insinua desde o início pela dificuldade com que o termo "áporo" barra o entendimento. Oposta ironicamente à "razão" (que deveria justamente desfazer o mistério), serve de reforço ao ocultamento do sentido, como um comentário paradoxal, por seu caráter explícito, mas oblíquo, sobre a dificuldade da imagem.

Os três elementos que se juntam nesse complexo "enlace" pertencem ao mundo físico e têm em comum a propriedade de não estar à mostra: o escuro superior, que faz parte da noite e tudo encobre, e "raiz" e "minério", que se acham ocultos sob a terra, entretecem (presos pela rima de "minério" com "mistério") a secreta impenetrabilidade: a barreira que resiste ao trabalho tenaz de perfuração do inseto.

A raiz, labirinto vegetal[25] e subterrâneo, é ainda um elemento de ligação entre o exterior e o interior e, como o coração, é sentida intimamente como uma espécie de matriz da vida de que se alimenta todo o organismo, ao mesmo tempo que se enterra, como algo morto e próximo do mineral. O minério,

25 Cf. nesse sentido, Gaston Bachelard, *La Terre et les rêveries du repos* (Paris: José Corti, 1971), cap. IX, pp. 290ss.

precioso pela raridade e o difícil acesso, sugere da mesma forma a dificuldade labiríntica e, enterrado como a raiz, escondido da vista, como ela desperta a imaginação para o que se oculta misteriosamente.

Postos juntos, "raiz" e "minério" evocam, além do mais, com seu atilho de conotações, a origem, a esfera do trabalho e da mitologia pessoal do poeta: a raiz encravada na terra de Minas; a mineração que deu o nome ao Estado; o próprio trabalho poético drummondiano, muitas vezes associado metonimicamente à sua terra natal, ao minério de ferro de Itabira, que sempre lhe pesou na alma, à lavra como ato de lidar com as palavras – mineração à cata de outro ouro mais difícil que o levado das Minas.

A complexidade é de fato imensa, pela própria técnica associativa com que o poeta sempre trabalhou[26] e que, como ficou dito páginas atrás, é inerente ao movimento da reflexão, aberta à conexão inesgotável.

Mas, como já dá para notar, é pelo fio fundamental do trabalho que o enlace se ata e se desata. Na verdade, é pela força operante do trabalho do poeta que se articula também a imagem poética. Assim se gera o enlace, ganha corpo a dificuldade; da mesma força geratriz pode surgir, porém, o seu contrário.

Ora, o ser da imagem está precisamente no *poder ser*, na possibilidade de ser que ela insinua, com todo o seu mistério

26 Num estudo pioneiro de 1955, "Esfinge clara – palavra puxa palavra em CDA", Othon M. Garcia descreveu esse procedimento estilístico de associação semântica e sonora do poeta. Ele se acha hoje no volume de ensaios reunidos do autor, *Esfinge clara e outros enigmas* (Rio de Janeiro: Topbooks, 1996), pp. 13-70.

de trabalho secreto, que se faz sem alarde, como um processo latente que de súbito aflora. A dificuldade que ela encarna no enlace pode de repente virar outra coisa, transformar-se em desenlace, dando lugar a outra metamorfose, a nova mudança.

O labirinto que "presto se desata" é a mudança latente que ele mesmo alimenta em seu interior: imagem misturada que o trabalho ironicamente inventa para organizar o caos, para dar forma ao heterogêneo, ele guarda em segredo, no entanto, uma nova e misteriosa possibilidade de ser (de que o monstro de Creta é ainda símbolo).

No centro da dificuldade, onde ecoam todas as repetições míticas possíveis, obrigando a volta dos passos para o mesmo, se gesta, porém, a diferença, que faz história. Da mesma força do fazer que persiste apesar da dificuldade, brota a novidade: flor-poema. É essa a força da poesia, que pelo fazer transforma a dificuldade, mesmo sob o risco do impasse, em arte.

A HISTÓRIA INTERIOR

A imagem, que tem na origem o mito, é apenas uma parte do todo e abre sempre uma possibilidade (que pode ou não encarnar-se na história).

Por isso, o cavar do inseto contra toda a dificuldade abre, em princípio e paradoxalmente, um raio enorme de significações possíveis, de que a variante do trabalho poético, logo associada à narrativa exemplar, é apenas uma das possibilidades de sentido (e de interpretação).

A imagem do "país bloqueado" envolvida na reflexão do poeta, favorece, sem dúvida, a politização do trabalho (seja a do trabalho poético em si, seja no rumo do trabalho político propriamente dito). A partir dela, imagina-se de imediato que possa estar sendo representada, em pequeno, numa fábula alegórica de busca da liberdade, a tentativa de sair de uma situação de grande opressão histórica.

A alegoria poderia se prestar então a uma tradução direta em fatos do momento histórico em que foi escrito o poema, quando não faltavam no cenário nacional e no internacional, fatores de opressão, como a ditadura militar de Vargas e a Segunda Guerra Mundial. É nessa direção que se encaminham as alusões registradas por Pignatari em sua descrição indicativa, desconfiada, aliás, do próprio rumo e da eficácia de uma leitura nesse sentido.

Para tentar interpretar, não é, entretanto, exatamente por aí que se deve buscar passagem. Mais uma vez, é preciso procurar a articulação com o todo, ou seja, com a totalidade da construção – o enredo completo que é o poema enquanto mito verbal –, no qual, pelo fio do trabalho poético, Drummond encerrou o segredo de seu labirinto.

Talvez seja esse, neste caso, o único meio de conhecer como uma consciência verídica da história pode brotar de repente do interior do mito (enquanto narrativa arquetípica ou exemplar) e com ele se relacionar poeticamente, buscando através da dificuldade, a solução formal adequada para a expressão de uma real experiência histórica. Como disse Novalis, quanto mais poético, mais verdadeiro.

No interior do próprio poema deve estar a solução. Afinal ele incorpora o problema em si mesmo, como uma história interior, um processo interno pelo qual, apesar das dificuldades, se acaba gerando, mediante o trabalho, uma outra coisa. Esse processo interno é o sentimento das coisas que são e atuam em torno, ao qual o poeta, cônscio da experiência, dá expressão artística.

Ao pensar o drama do trabalho do inseto, o poeta põe em cena seu próprio drama, revelando pela reflexão, a perplexidade do que fazer numa situação de idêntico bloqueio. A imagem do "país bloqueado" imprime de súbito uma dimensão de disparate à narrativa exemplar do inseto. Em primeiro lugar, porque a historiciza, puxando-a para a experiência do presente: o ato exemplar do inseto passa a inscrever-se na história enquanto imagem concretamente encarnada no destino humano do poeta. Depois, porque cria um paralelismo entre ela e uma realidade de dimensão incomparavelmente maior, formando um contraste despropositado, mas imensamente significativo.

O que isso significa não é, necessariamente, que a narrativa exemplar até então desenvolvida à semelhança dos padrões arquetípicos do mito seja agora traduzível em fatos exteriores da realidade imediata, que pudessem servir de referente a essa fábula metafórica. O processo de simbolização a que se presta o drama do inseto é bem mais complexo do que isso. Depende, com certeza, do disparate das perspectivas contrastantes entre a historieta minúscula e a vasta realidade de um país.

A desproporção se torna um aspecto decisivo da construção poética, pois revela a relação fundamental que existe entre a reflexão do poeta e a historieta que lhe serve de objeto. Ela define o ponto de vista que rege a organização, fazendo das partes um todo coeso mediante o pensamento.

Através da desproporção, se evidencia a *degradação grotesca* a que está submetida a representação da realidade do próprio trabalho poético, visto na perspectiva rebaixada da atividade minúscula de um inseto. Essa inflexão negativa da consciência sobre o que absorve da realidade histórica contemporânea demonstra que em seu primeiro movimento ela se revela como *percepção trágica* do mundo a que está submetido o poeta. Trata-se de um movimento descendente, abissal, da consciência no qual, reconhecendo-se no exemplo do inseto, formula a inevitabilidade do destino inferiorizado diante da barreira sem deixar saída possível.

Na verdade, dela resulta uma espécie de *insetificação simbólica* do trabalho artístico, que se traduz formalmente pelo tratamento anticonvencional e paródico da forma do soneto, reduzido quase a uma caricatura cômica do molde tradicional, *metamorfoseado* absurda e grotescamente à imagem e semelhança do inseto.

A ironia brutal do tratamento na verdade dá sentido histórico ao viés paródico a que o poeta submete a fórmula do soneto, pois incorpora ao movimento da construção, em continuidade com a realidade histórica, a dimensão social do trabalho degradado, expondo-o concretamente na realização do poema como um sentimento do mundo lavrado em forma artística.

Assim, a construção se torna ela própria indicativa da visão complexa com que o pensamento do poeta rege tudo, começando por se revelar, em contraste negativo, pelo lugar degradado em que se vê a si mesmo e o trabalho poético na ordem geral das coisas da realidade.

Certamente a consideração da situação social do trabalho poético, rebaixado desde o século XIX à irrelevância no interior das sociedades modernas voltadas exclusivamente para a produção para o mercado, se torna fundamental para a compreensão desse sentimento de degradação, agravado pelo quadro político sem horizontes do "país bloqueado", referido no texto. Percebe-se esse pano de fundo histórico através da negatividade que penetra na alma do poeta, materializando-se na perspectiva com que encara sua própria atividade. Mas o decisivo é a forma concreta que assume no poema essa dimensão histórica do trabalho poético.

Visto por outro lado, esse movimento contínuo que dá representividade social à forma caricata do soneto também demonstra, na direção inversa, a internalização da história que de algum modo se espelha na consciência verídica do poeta, debruçada sobre a situação de seu próprio fazer.

Com efeito, como todo trabalho, o trabalho poético é força transformadora que dá forma humana aos mais diferentes materiais: o surpreendente é que essa força humana de transformação se equipare aqui à de um inseto, minimizando-se a si mesma, até à deformação grotesca, que resulta de sua identificação cabal com a perspectiva dramatizada na minúscula historieta. O sentimento de rebaixamento do poeta, perceptível, como ficou analisado desde o início da obra drummondiana, atinge aqui um ponto extremo de pungência e intensidade dramática, beirando de fato o trágico, com toda a sua inevitável gravidade, mas numa chave moderna e similar à da deformação expressionista, pela visão grotesca, com a estranha aproximação do humano ao animal.

Esse sentir-se como inseto tem uma força tremenda como drama humano, mas só ganha sua verdadeira dimensão poética porque se objetiva na forma: ela mimetiza o conteúdo natural tomado como exemplo, mas simultaneamente o contrasta com o bloqueio desproporcional, reproduzindo mimeticamente na interioridade reflexiva que ela representa os efeitos internos de fatos históricos decisivos da experiência do poeta.

Tudo isso quer dizer que a história deixou de constituir apenas a dimensão externa de algo que acontece fora para se tornar também a história interior do poeta, já que sua obra acaba por constituir uma espécie de "historiografia inconsciente"[27] ao converter em forma a consciência verídica da realidade histórica.

O conteúdo de verdade histórica, profundamente integrado à tessitura mesma do texto, se mostra como a história imanente à obra, lavrada em forma poética, como marca do mundo no sentimento, de que o poema é a expressão. A experiência histórica, sentida e refletida, vem, portanto, sedimentada no mais íntimo da forma poética drummondiana, e sua alta qualidade depende dessa absorção profunda, que lhe confere complexidade e extraordinária verdade humana.

VIA DE SAÍDA

Contudo, o movimento da consciência não se esgota no sentimento do rebaixamento do trabalho que o leva à identificação com a luta aparentemente vã do inseto. Desfeito o enlace labiríntico, se cumpre novamente a espiral ascendente da metamorfose, e:

27 Cf. Theodor W. Adorno, *Teoria estética*, ed. cit., p. 217.

em verde, sozinha,
antieuclidiana,
uma orquídea forma-se.

A saída do labirinto vem marcada por inesperada ironia: o ato mínimo, à primeira vista insignificante, do trabalho tenaz faz uma diferença enorme, pois produz um novo ser (que é duplo e de algum modo monstruoso em si mesmo: flor-poema). Contra toda expectativa, recolhida reflexivamente em sua própria dificuldade, a poesia que se identifica pelo movimento do pensamento ao ritmo quase imperceptível da natureza – como que buscando em si mesma a naturalidade de sua força instintiva –, embora acachapada sob o peso da gravidade do mundo e do sentimento da própria degradação, fiel a si mesma, gera a mudança, escapando ao impasse.

Essa fidelidade que assim se exige da poesia para consigo mesma em meio ao impasse, condição reflexiva da busca de uma saída dificultosa, faz dessa poética, que a própria articulação cerrada do poema torna visível, também uma ética. A de ser fiel por inteiro ao coração partido num tempo de homens partidos.

Desse ponto de vista, se redime de algum modo o gesto individual, solitário, do trabalho poético, como a orquídea que se alça por fim, "sozinha". Aparentemente insignificante e ridículo diante da barreira que o oprime, mostra-se eficaz e adquire significação social, apesar de seu isolamento, pois é capaz de produzir mudança mesmo em face do maior bloqueio. Ainda que mínimo, o ato poético participa na criação do destino humano, faz história. Para tanto, ele deve ser fiel, contra toda a dificuldade, à sua própria natureza de *poder ser*, pois cria assim uma imagem nova – o poema –, abrindo uma possibilidade inscrita em sua forma: a saída para o sentido.

Entendido desse modo, o ato poético é também um ato político, pois faz pensar na mudança ou com ela sonhar mesmo em meio ao bloqueio mais terrível. O momento positivo da negatividade do poeta diante do mundo opressivo, que é o instante de desfazimento do labirinto e do surgimento da flor, é também o momento da metamorfose que vai contra o princípio da não-contradição. Oposto à pura lógica matemática ("antieuclidiana"), é perfeitamente coerente no entanto com uma lógica da imaginação, *ragione poetica*, mediante a qual a força do mito se casa à da história frente à mesma dificuldade: e se faz do impasse, mudança.

Diferentemente da metamorfose kafkiana, que pesa para sempre como a condenação irreversível a um bloqueio absoluto, adiando infinitamente todo encontro e reduzindo à mera virtualidade todo gesto redentor, a saída de "Áporo" parece a brecha de alguma esperança ("em verde") para um ato no limite da impotência. O poeta acaba por achar escape; dá com a reta via ao refletir sobre si mesmo, pois só assim reencontra a força geratriz da própria poesia.

Amar o perdido parece mesmo o emblema de seu coração: no extremo, a poesia busca no mais íntimo a natureza que não pode achar, mas a reflexão é a única via por onde pode ainda procurá-la.

Como no caso de tantos poetas modernos daqui e de fora, os poemas de Drummond não apenas registram a incessante procura mental da própria poesia, girando sobre si mesma, padecendo com a própria dificuldade, mas incluem uma poética que é a cristalização da consciência clara do próprio fazer no interior da forma. Essa poética muitas vezes se torna patente no decorrer do poema, não apenas porque ele pode estar tematizando a própria dificuldade de dar forma, mas, como se apontou acima, em decorrência da própria articulação que rege a construção do todo. Quanto mais articulado ele se mostra, mais sua concepção aparece inscrita na expressão.

Por outro lado, a internalização formal da dificuldade não se acha separada da consciência verídica do poeta com relação à própria história, pois ele a está vivendo conflitivamente, e nela tem também suas raízes a dificuldade de dar forma, fazendo parte do próprio processo interno que busca a expressão. Assim o movimento da consciência artística é o mesmo movimento reflexivo do poeta perante a realidade histórica tornada imanente à própria obra justamente como problema humano e artístico de alguém que sente o mundo e no recesso da subjetividade individual pensa sobre ele.

Por isso, ao contrário do que muitas vezes foi afirmado ao longo da fortuna crítica do poeta, não se trata de nenhuma consciência dividida entre o risco formal da incomunicação e o compromisso comunicativo do engajamento, ou entre o formalismo e a participação.

Desde o início, o conteúdo de verdade da poesia de Drummond, como em toda grande poesia, é histórico até o mais fundo e não se separa do problema de sua configuração formal ou da consciência do fazer que sempre o acompanha. E não é histórico porque reproduza fatos históricos, que podem até, eventualmente, estar referidos ou aludidos nos poemas – "O tempo é a minha matéria, o tempo presente, os homens presentes, a vida presente" –, mas porque revela uma consciência verídica da experiência histórica entranhada profundamente na subjetividade e na própria forma poética que lhe deu expressão.

Por isso, a obra poética também não se reduz ao documento histórico, embora também o seja; ela é, antes, como historiografia inconsciente, o registro atual do que se passou na interioridade de um homem durante seu tempo vivido e ganhou expressão correspondente. Conserva aquela substância viva que ficou do passado no presente intemporal da forma do poema. O teor factual que morre com o tempo e também pode fazer parte dos materiais históricos porventura incorporados aos poemas não se confunde com o teor de verdade humana e histórica imerso na própria dinâmica interna da forma poética, de que este é componente essencial, uma vez que é o resultado no texto da sedimentação formal de uma experiência histórica.

O modo como Drummond captou na forma de seus versos, com o que trazia de mais íntimo em sua individualidade sensibilíssima, o sentimento de seu tempo é que faz dele o grande poeta que é.

Carpeaux chamou a atenção para a grandeza do poeta público, que sobretudo no final da década de 30 e nos anos 40 elevou a poesia social no Brasil a pontos a que ela jamais chegara, dando expressão individual ao que havia de mais fundo na alma coletiva do povo brasileiro.[28] Sem desconsiderar a importância do artigo de Carpeaux e a correção do

28 Cf. "Fragmentos sobre Carlos Drummond de Andrade", in: Sônia Brayner (org.), *Carlos Drummond de Andrade*, vol. 1 da coleção *Fortuna crítica* (Rio de Janeiro: Civilização Brasileira, 1977), pp. 146-152.

juízo ali expresso, deve-se considerar, no entanto, que a poesia drummondiana da fase anterior aos anos do *Sentimento do mundo* ou da *Rosa do povo*, ou a posterior, mesmo quando o poeta parece retrair-se em refúgio solipsista, entediado pelos eventos externos, conforme a famosa epígrafe de Valéry no *Claro enigma*, não é nem mais formalista nem menos social do que a que trata, eventualmente, dos temas político-sociais daquele tempo.

Só uma compreensão inadequada do modo de ser da obra de arte pode levar a pensar que o poeta, segundo as mudanças do seu tempo histórico, é conduzido a opções dilemáticas. E este não foi o caso de Carpeaux, que muito bem sabia do que falava, embora não pudesse prever, como tampouco o poeta, os rumos das interpretações que se seguiriam a seus escritos.

A lírica é a linguagem que dá expressão aos momentos mais densos e importantes da existência. Ela pode muito bem voltar as costas aos eventos históricos: "Não faças versos sobre acontecimentos". Mesmo quando equivale a um depoimento negativo de um determinado período histórico que ela recusa, omite ou do qual se exime, reclusa na interioridade isolada do indivíduo, com plena consciência de sua inutilidade no mundo de fora, ainda assim, faz ressoar no mais íntimo de sua linguagem os ecos do mundo. O labirinto de "Áporo" demonstra isso cabalmente.

A forma como a história vira um problema estético é uma difícil questão para a crítica. E, por isso, o enigma do poeta é também o enigma do crítico, que, no limite, só pode dar com a razão de sua insolubilidade, refazendo por dentro o caminho sem saída da aporia.

Imagine-se que a poesia saiba guardar para sempre no âmago de um *ptyx* o enigma solitário de um homem que um dia possa ter sentido a necessidade de recolher a substância misteriosa de sua vida, selando-a no oco de uma concha. Não foi o caso de Drummond, que sabia perfeitamente o valor da autocrítica e nunca teve ilusões sobre conchas solitárias: preferiu ouvir nelas o ressôo do mundo. Mas ainda que assim fizesse, saberia que a concha, no vaivém do mar à terra, volta sempre com a história cifrada, com a pergunta pelo sentido.

O mito é decerto uma primeira forma de contar e responder, ou de responder contando; na poesia ecoam, sempre renovados, o mito e o mundo, de onde saem ainda outros mitos e a outra história, que é também nova versão do problema. Cabe ao leitor recolher alguma vez o que ficou ressoando nas espirais do caramujo; a voz do crítico tenta apenas interpretar esses ecos tortuosos do meio do caminho.

AMOR: TEIA DE PROBLEMAS

Amor: teia de problemas

La salamandra fría que desmiente
noticia docta, a defender me atrevo:
cuando en incendios que sediento bebo,
mi corazón habita y no lo siente (...)
Quevedo, "Ejemplos de otras llamas que parecen posibles comparadas a las suyas"

Mineração do outro

MINERAÇÃO DO OUTRO

Os cabelos ocultam a verdade.
Como saber, como gerir um corpo
alheio?
Os dias consumidos em sua lavra
significam o mesmo que estar morto.

Não o decifras, não, ao peito oferto,
monstruário de fomes enredadas,
ávidas de agressão, dormindo em concha.
Um toque, e eis que a blandícia erra em tormento,
e cada abraço tece além do braço
a teia de problemas que existir
na pele do existente vai gravando.

Viver-não, viver-sem, como viver
sem conviver, na praça de convites?
Onde avanço, me dou, e o que é sugado
ao mim de mim, em ecos se desmembra;
nem resta mais que indício,
pelos ares lavados,
do que era amor e, dor agora, é vício.

O corpo em si, mistério: o nu, cortina
de outro corpo, jamais apreendido,
assim como a palavra esconde outra
voz, prima e vera, ausente de sentido.
Amor é compromisso
com algo mais terrível do que amor?
pergunta o amante curvo à noite cega,
e nada lhe responde, ante a magia:
arder a salamandra em chama fria.

PREPARAÇÃO DO TERRENO

Dentre os poemas de Drummond sobre o amor – sobre o amor e seus problemas –, que são tantos e tão admiráveis, "Mineração do outro" se destaca como um momento a uma só vez ímpar e irradiante, pela alta complexidade, pela firmeza com que enfrenta o difícil, pela luz que lança nos demais que tratam do mesmo assunto.

Aqui se arma uma questão de fato tremendamente problemática – a aliança do amor com o desejo de conhecimento –, agravada pelo ângulo negativo de que é vista; o poema enreda argumentos em torno dela, mediante um discurso reflexivo e analítico. Convém pontuá-lo um pouco antes de examinar em detalhe a construção toda.

O que desde logo chama a atenção do leitor é que a "mineração" – trabalho físico de escavação e exploração do minério na terra – é alçada, pela transposição metafórica, ao nível da análise mental: a procura do ouro se transmuda em procura do outro. E mais, ela se torna uma *decifração* similar àquela que é atribuída ao amor, enquanto relação com outro ser.

Assim, pela reflexão, o poema procede a uma decifração da decifração a que obriga o sentimento. O que se sente dá o que pensar. O discurso analítico espelha o movimento do que ele próprio descreve, assimilando as dificuldades do processo material, analogia que, com sua riqueza ambígua, sustenta tudo. O caráter problemático do amor é também o da linguagem poética que se esforça por exprimi-lo: alquimia insólita, que deve transmudar em poesia o ouro já transformado em outro ser.

O trabalho que o amor dá, no caso, se traduz no empenho em escavar, lembrando a insistência repetida do inseto de "Áporo". Mas de uma forma diferente, pois não estamos diante de uma narrativa exemplar que é tomada como objeto da reflexão, e, sim, de um discurso reflexivo que, baseado numa atividade de exploração material, faz da experiência do amor, que com ela se assemelha, o tema medular de sua análise.

O espelhamento, resultante da expressão de um sentimento que se confunde com o giro mental do pensamento, só se desfaz no fim, quando o discurso, desistindo do trabalho analítico, se embebe definitivamente na imagem, fechando-se com a noite e o enigma da salamandra.

Desde o início, porém, e até sua transmutação final em imagem, o discurso poético é rigorosamente um esforço de penetração analítica, que se assemelha ao da escavação da terra, empenhado na decifração do outro, tarefa de quem ama. Eros encarna num querer saber, e seu desejo de penetração, à semelhança do trabalho de exploração do minério na terra, é agora escavação mental de outro ser.

Ora, a ênfase com que se trata um trabalho da mente à semelhança de outro com base na terra, na verdade chama sobretudo a atenção para o tratamento dado ao amor, uma vez que, em princípio, este vem alçado a objeto nobre e difícil (como o ouro) da mais alta preocupação mental. É preciso então entender melhor a forma de tratamento que assume aqui o discurso poético.

DA TERRA E DO CORPO ÀS ALTURAS DA MENTE

O tom elevado desde o início é meditativo e veemente, correspondendo à gravidade com que o tema é desenvolvido. O poeta não apresenta amenidades; conduz à perspectiva do tormento, da degradação e do terror de quem procura essa via encrencada do conhecimento: saber como é o outro da relação amorosa.

Não abandona nunca, entretanto, o chão realista de quem experimenta o mais comum dos sentimentos a que nos chama a inevitável convivência – "como viver / sem conviver na praça de convites?" – e se depara, perplexo, com algo mais terrível, em que não consegue penetrar. É que o amor, como aí se mostra, constitui um enlace paradoxal, pois traz sempre pronta a agressão para destruir, deixando a quem o busca aniquilado, sem alcançar saber.

O tom é elevado, de acordo com esse ponto de vista negativo e atormentado sobre o problema, mas, curiosamente, a argumentação, discurso racional da mente analítica, parte de elementos situados em esferas baixas da realidade: a terra e o corpo.

As idéias nascem da matéria mais elementar; as imagens materiais alimentam a mente durante todo o percurso, pelo aproveitamento que ela faz dos elementos extraídos da atividade da mineração, com a qual se equipara seu esforço de conhecimento. O discurso analítico se correlaciona a uma só vez com a escavação da terra (e do minério) e com o corpo, que antepõe os obstáculos constitutivos dos problemas discutidos. A linguagem vem de fato marcada por essa correlação simbólica com o corpo e a terra, o chão material em que ela deve penetrar, ao seguir o caminho do amor.

Basta parafrasear um pouco o que se diz no poema, para se verificar como é estreita e profunda essa correlação e como ela está entranhada no próprio movimento do discurso e na configuração do pensamento sobre o amor.

Com efeito, ao escavar a relação amorosa, ensaiando a *decifração*, cujo caráter problemático desde o começo acusa, o poeta penetra, através de barreiras da terra, do corpo e da própria linguagem até o limite do indizível, quando, reproduzindo a situação dramática do amante diante da noite, seu discurso se converte em imagem.

Isso significa que no poema estão em jogo dois movimentos fundamentais: o da penetração dificultosa e o da transmutação do discurso na imagem final. A rigor, esses dois movimentos acabam conjugando a razão e a imaginação material (o *logos* e o *mythos*), em busca de passagem para o outro.

No fim do percurso difícil, a decifração desemboca numa adivinha de palavras que é também um enigma do pensamento; desenha assim uma curva reflexiva que parece cumprir um ciclo, até fechar-se hermeticamente, selando o segredo com um emblema: o fecho de ouro da salamandra.

Durante o processo de tentativa de penetração, que vai do início até perto do final do texto, o poeta descreve a travessia por uma série infernal de dificuldades e martírios como que refazendo o trajeto de sua própria experiência, até quedar-se paralisado, confundindo-se com a figura do amante diante da noite impenetrável e da magia.

Por certo, o esforço exigido pela decifração, conforme se deixa claro desde o começo, parece estar além de toda capacidade humana. Pode sugerir, por isso, a dimensão fáustica do tema que combina amor e conhecimento com as forças demoníacas, mas não é exatamente por aí que vai o tratamento drummondiano. Se há algum elemento demoníaco no poema, ele se restringe às imagens infernizadas do padecimento do qual não escapa quem ama.

Apenas se percebe no sofrimento experimentado certo movimento de catábase – a travessia infernal das regiões inferiores, em busca do saber –, a que se segue a noite mágica (como no *Segundo Fausto*, a noite de Valpúrgis que vem depois da descida às "Mães"). Mas o movimento parece depender mais de um esquema arquetípico subjacente ao tópico da busca do conhecimento, como nas epopéias clássicas – a descida de Enéias ao mundo dos mortos no livro VI da *Eneida* –, do que de qualquer relação direta com as passagens mencionadas do texto de Goethe.

O começo do poema exprime a dificuldade de lidar com o corpo alheio, mas em seguida se afirma, com toda a gravidade, que o tempo consumido em sua "lavra" equivale a "estar morto", identificando-se, para nossa surpresa, o processo de uma ação cursiva com o aspecto permansivo de outra que a paralisa e anula. Essa equivalência à morte que parece definir o estado do amante em busca do conhecimento de quem ama abre espaço para uma possível alusão ao arquétipo da descida às regiões infernais. De fato, lavra e morte podem remeter à esfera subterrânea, dando início ao ciclo de mortificações a que, na visão do poeta, deve se submeter quem se lança em vão na mineração do outro.

A violência e o desgaste envolvidos na ação de lavrar de fato logo se reforçam com a agressividade da cadeia seguinte de imagens entrelaçadas em torno do "peito oferto", ocupando dois versos (vv. 7 e 8): sob a dicção clássica dessa perífrase se mostram os descomedimentos monstruosos da paixão, os impulsos de agressão que se aninham no coração dos amantes, "dormindo em concha", como figuram na imagem extraordinária. Daí despertam ao menor toque, e os gestos equívocos de carinho (assim como na linguagem especular os efeitos sonoros das paranomásias embaraçam "abraço" e "braço", "existir" e "existente"), transformam-se em tormento. Os problemas marcam a "pele" dos amantes e o amor acaba em dor e se degrada em vício, a ponto de chegar à dilaceração – desmembramento do próprio corpo –, beirando até algo ainda mais terrível, ocluso na noite impenetrável.

Mas a paráfrase permite verificar ainda o liame mais complicado que por fim entrelaça a "teia de problemas" que marca os amantes ao mistério da noite, que tudo oculta, à semelhança do corpo, que mesmo em sua nudez recobre, e da linguagem, que esconde, atrás de cada palavra, uma outra, até a ausência de sentido. A correlação entre terra, corpo e linguagem, se estende assim até a noite, limite inacessível diante do qual se curva o amante.

O resumo, mesmo que precário, pode dar uma idéia de como o assunto toma no poema uma configuração grandiosa e complicada, pelo amplo desdobramento da visão e pelos muitos elementos diferentes que enreda. Deixa ver ainda o forte componente patético, o sentimento da dilaceração que atravessa aqui a experiência amorosa, e, por último, sua tendência para o trágico, pela inevitabilidade destrutiva a que parece destinado o amante em seu caminho para o que jamais alcança saber.

A concepção grandiosa, tratada com linguagem reflexiva condizente, significa que o amor se tornou efetivamente objeto do estilo elevado. Da terra e do corpo, foi alçado a uma preocupação central da mente.

Não estamos, porém, diante de uma peça de sublimidade solene, do puro *sermo nobilis* da tradição clássica (nem o dos antigos nem o de Dante, por exemplo).[29] O tratamento do tema, ainda que este apareça dignificado pela concepção a que correspondem diversos traços de estilo alto, é incompatível com a dignidade própria do sublime, dependendo antes de uma mistura complexa, que deve ser definida em sua particularidade, embora remonte, em suas raízes modernas, ao legado de

29 Para o alçamento do amor ao estilo elevado na tradição ocidental, a exemplo dos provençais, do *Stil nuovo* e de Dante, ver Erich Auerbach, "Camilla o la rinascita dello stile elevato", in: *Lingua letteraria e pubblico nella tarda antichità latina e nel Medioevo* (Milão: Feltrinelli, 1970), pp. 167-213.

Baudelaire, com seu horror, desespero e senso da degradação mais abjeta mesclados à elevação excelsa do sublime.[30]

A elevação se coaduna, neste caso, à gravidade com que o problema é considerado, mas, embora se aproxime do limite do trágico, constitui uma espécie de movimento do pensamento que vai da terra à mente, passando pelo corpo, sempre se mantendo no nível da seriedade problemática do tema, sem elevar-se propriamente ao sublime.

Desde as primeiras impressões, a linguagem demonstra que vem casada aos paradoxos mentais do amor, mas mesmo não abandonando a simplicidade direta e franca na maioria das passagens, com a precisão realista do detalhe, revela traços de nobreza de expressão, típicos de fato do estilo elevado. Nota-se logo por meio dela o esforço da grande concepção e o impulso passional, que os traços estilísticos confirmam pela formação das figuras, a dicção dignificada, a composição fremente do conjunto.

Há, com efeito, uma certa exploração de locuções cultas, de elegância clássica e reminiscência latina, como, por exemplo, "gerir um corpo", "ao peito oferto", "fomes enredadas", "ávidas de agressão", "blandícia", "erra em tormento", "voz, prima e vera", "ausente de sentido". Pela trama sintática – com inversões e hipérbatos –, combinada aos jogos sonoros da paranomásia (como no v. 10), há trechos que lembram labirintos maneiristas e barrocos; assim as passagens que parecem

30 Ver, nesse sentido, Erich Auerbach, "*Les Fleurs du mal* di Baudelaire e il sublime", in: *Da Montaigne a Proust* (Bari: De Donato Editore, 1970), pp. 192-221.

buscar a agudeza do engenho conceptista (vv. 9-12, ou 15-19) ou o brilho da imagem culterana, como no extraordinário verso final da "salamandra".

Mas, fora do âmbito das ressonâncias clássicas, o poeta lança mão ainda da invenção vocabular, de que é exemplo a montagem de "monstruário", palavra *porte-manteau*, à maneira de Lewis Carroll, tão ao gosto das vanguardas. Também joga com a irregularidade dos versos, fazendo malabarismos em torno do decassílabo tomado como padrão elástico, como no *rejet* de apenas duas sílabas do terceiro verso, que rompe o grupo sintático "corpo alheio", pondo em destaque a dificuldade de acesso ao outro, pelo isolamento do adjetivo que o exprime: "alheio" forma, expressivamente sozinho, um verso inteiro.

A rima, por sua vez, se mostra aleatória, mas equivalente a um elo semântico, armando ligações entre termos afins pelo significado, como a que vincula "indício" a "vício", ou a que prende "magia" a "chama fria" e prolonga, pelo laço sonoro final, o mágico mistério. É que, no fim, com o poder de síntese da imagem, o paradoxo dilacerante da reflexão sobre o amor se concretiza no oxímoro e na metáfora enigmática: com força de emblema, eles selam, no último verso, o sentido.

Em resumo, no conjunto o que se tem é um estilo moderno, que mescla recursos da mais variada procedência. Estilemas e tópicos da tradição clássica não funcionam como antes quando viram componentes de uma mistura como essa; são agora utilizados em função de uma intencionalidade muito diferente da que dependiam em seu uso originário. Não se trata, com certeza, nem de recorrência maneirista nem de qualquer neobarroco, mas da *articulação* surpreendente, própria da modernidade e de Drummond, que funde elementos altos e baixos, dados da tradição e da invenção, num sentido verdadeiramente novo, que é preciso interpretar.

A "mineração", no sentido figurado que o termo assume no texto, é também uma forma de interpretação; posta em xeque, diante das dificuldades inevitáveis da procura de conhecimento a que procede, denuncia o caráter problemático do ato de interpretar: a hermenêutica, quando é chegado seu tempo, tempo de espelhar-se reflexivamente no amor, se torna a ciência de ver e rever a si própria, curvada ante a mesma magia e a noite uníssona.

GARIMPAGEM VERBAL

Aproveitando a lição do título e do corpo do poema, pode-se avançar na leitura analítica, depois de breve localização do texto, por uma mineração filológica do vocabulário e de suas relações enredadas na frase e na organização interna do conjunto.

"Mineração do outro" pertence à seção "Lavra" de *Lição de coisas*, livro em que o processo de composição, bastante experimental, como se vê pela criação de vocábulos novos, a desintegração de outros e a inesperada combinatória de tudo, reinventa uma ordem em que um sujeito especular e especulativo ao mesmo tempo busca saber e aprende a partir dos objetos que tem para exprimir.

"Mineração do outro" vem precedido por "Destruição" e seguido de "Amar-amaro", os dois também voltados para o amor e intimamente unidos ao poema central. Este, no entanto, parece referido, já pela linguagem figurada do título, a uma esfera diferente da dos demais, diretamente relacionados como estão ao tema, seja pela sugestão da agressividade destrutiva no amor, seja pela amargura que se pode associar de imediato a tal sentimento.

Não faltam decerto agressividade e amargor ao poema do meio – uma de suas notáveis imagens é, como se viu, a da agressão dos amantes "dormindo em concha" –, mas o movimento da paixão e do ressentimento tem aqui outro ímpeto e configuração maior. De certo modo, a crueldade, a aniquilação, a amargura e a dor perpetuadas na cicatriz que resta do amor são aspectos do soneto "Destruição" que têm continuidade na reflexão do poema em estudo, no qual são moldados, porém, em grande estilo. "Amar-amaro", em contraposição, inverte o tratamento elevado da matéria e do discurso da "Mineração do outro" (e do primeiro poema da série) numa forma especular, irônico-paródica, destrutiva até na carnadura da linguagem, lacerando ainda mais, em tom satírico-escarninho, a própria dor e o que já era patético beira o tragicômico.

Na "Mineração do outro", o viés metafórico do título, já comentado por um dos lados, sugere um jogo paronomástico e uma relação semântica importantes com a expressão própria, mineração do "ouro", transportando para o plano intelectual a procura do metal denotada no sentido corrente. Sob esse aspecto, une-se em profundidade com o espírito dominante de *Lição de coisas*, em que a questão do conhecimento está em pauta todo o tempo, amalgamada ao núcleo do assunto.

Mas o metal nobre e difícil, deslocado pela mudança de "ouro" para "outro", mantém, mediante a paronomásia, o eco do termo anterior; além disso, por força da metáfora da mineração, enfatiza figuradamente a origem nobre do estilo (a consciência da própria linguagem, muito estilizada aqui, leva à paródia no poema seguinte), insinuando-se afinal como significado latente nessa procura em vão do segredo mais íntimo da terra a que se identifica a procura impelida pelo amor.

Por outro lado ainda, o ato de minerar, posto em destaque, desperta a atenção para várias outras dimensões de seu significado: além de depender obviamente da terra, remete à terra das minas, e decerto também às Minas Gerais, de onde procede o poeta (e de novo sua mitologia pessoal) – origem a que tantas vezes se refere seu discurso poético.

Em princípio, nada no texto nos leva a pensar imediatamente em Minas; o contexto geral da obra, por vários meios, nos dirige, entretanto, a imaginação para a terra natal do poeta: o ato de minerar se relaciona com ela por contigüidade metonímica.

É como se então o pensamento sobre o amor nascesse aqui de uma origem comum, de um mesmo chão material, que é a terra. "Origem" é como se intitula a primeira parte de *Lição de coisas*, que se abre precisamente pelo poema "A palavra e a terra". O discurso sobre o amor é, por assim dizer, extraído da terra – "palavra espacial" – em que se acha arraigado, assim como o amante busca extrair do corpo, a razão do amor, que é também a origem de sua dor.

O significado usual de "mineração", como se observou, vem deslocado, mediante o trocadilho (ouro/outro), do plano material para a esfera humana. Não obstante, esse deslocamento do sentido, cujas outras conseqüências expressivas já foram indicadas, conserva consigo aquela ponta de agressividade, violência ou poder de corrosão, que acompanha propriamente o ato material de minerar – um veio também explorado no texto. Liga-se, por esse mesmo filão, ao termo "lavra", seu sinônimo que aqui dá nome à seção do livro, retornando no interior do texto: "Os dias consumidos em sua lavra" (v. 4).

Nessa passagem, o vocábulo vai além de suas acepções corriqueiras em geral vinculadas à preparação e ao cultivo da terra (a lavra do campo, a lavoura); à exploração do minério; à faculdade ou ao lugar de criação de alguma coisa; à esfera verbal, como em "lavrar um documento", ou ainda ao burilamento formal, como em "estilo bem lavrado". É que aparece inesperadamente aplicado ao ato de "saber" ou "gerir o corpo alheio". Enquanto termo equivalente à mineração, segue a mesma inflexão metafórica da relação com o "outro", envolvendo, assim, a dificuldade de conhecimento de outro ser a partir do corpo, motivo inicial no desenvolvimento temático, a que não falta tampouco o matiz de desgaste ou corrosão, associado ao tempo ("os dias consumidos")[31] e, como se observou acima, também à morte.

Como era de se esperar pelo contexto mineiro de sua obra, Drummond parece ter tido sempre uma queda especial pelo

31 A predileção do poeta parece estender-se ainda ao verbo correlato, lavrar, empregado num poema notável de *Claro enigma*, "Morte das casas de Ouro Preto", em que fica patente o seu matiz destrutivo e terrível, unindo o poder de dissolução do tempo à ação de sulcar a terra ou cinzelar um objeto, como é próprio do vocábulo: "A morte baixou dos ermos, / gavião molhado. Seu bico / vai lavrando o paredão / e dissolvendo a cidade". Luiz Costa Lima estudou, na década de 60, este aspecto da corrosão, fazendo dele um princípio fundamental da poesia drummondiana. Cf. "O princípio-corrosão na poesia de Carlos Drummond de Andrade", in: *Lira e antilira* (Rio de Janeiro: Civilização Brasileira, 1968), pp. 133-236.

substantivo “lavra”, que além de remeter à linguagem, conforme se vê por algumas de suas acepções, se aproxima também neste caso específico a “palavra”. Esta contém “lavra”, em sua mesma tessitura sonora, e com ela entretece no texto, embora a distância, um sugestivo enlace sonoro e semântico, uma vez que tanto o ato de minerar quanto o de lavrar surgem ainda referidos ao corpo e à linguagem, em estreito conluio.

No final dessa “lavra” metafórica, que penetra pela “palavra” na terra e no corpo em busca do outro, irá surgir uma nova e inesperada associação possível do termo: o fogo, que *lavra* no fim como o próprio mistério da salamandra em meio à noite.

A correlação apontada entre a terra, o corpo, a linguagem, o tempo e, por último, o fogo é assim reforçada concretamente com maior ênfase e com um raio de ação mais amplo e complexo, demonstrando que não apenas os problemas do amor, mas também os elementos fundamentais de sua expressão se articulam entre si, formando uma verdadeira “teia”.

Como já se pode inferir, o mais importante disso tudo é o fato de que o poeta procedeu a uma verdadeira garimpagem verbal, puxando para si, para dentro da bateia do poema, diversos termos associáveis pelo campo semântico comum, inter-relacionando-os pela combinatória da sintaxe e explorando-lhes, minuciosa e sutilmente, as denotações e conotações até o limite do possível.

Essa espécie de enredamento sintático-semântico é a base do ritmo – movimento modulador que vai integrando as variadas unidades significativas no todo do poema – e de toda a construção. De novo, se constata como a articulação é uma categoria central para o entendimento do modo de ser da arte de

Drummond, e como ela se associa ao ritmo, fator básico da integração de todos os elementos na unidade do todo.

A rigor, o poeta desenvolveu no discurso poético a articulação metonímica de termos diversos, mas que aludem a zonas contíguas da realidade, de modo que todos esses elementos – terra, corpo, linguagem, tempo e, por fim, fogo – acabam por se coadunar em estreita liga com o sentimento sobre o qual ele reflete. Tudo por obra da sintaxe poética que os articula e enreda no desenrolar do discurso – forma mimética da linguagem que, por sua vez, molda em poesia o pensamento sobre o amor.

Assim, pela complexidade das visadas sobre o amor que desenvolve e articula; pela concentração reflexiva, ponderadamente apoiada na sintaxe e no ritmo; pela riqueza das imagens; pela linguagem mesclada e dramática, o poema nos dá, em seu lúcido dilaceramento, uma síntese paradoxal do amor enquanto tentativa de conhecimento.

É preciso examiná-lo agora mais de perto, minerar a fundo esse denso lirismo meditativo.

O CICLO E A NOITE

Como as "Notícias amorosas" de *Claro enigma*, em especial o "Campo de flores", ou mais tarde, "O quarto em desordem", de *O fazendeiro do ar*, a "Mineração do outro" parece supor o amor "no tempo de madureza", mas sem qualquer saber aprazível.

Sua filosofia é o *dizer ensimesmado* da reflexão, mas não a amizade da sabedoria. A aprendizagem é o caminho pedregoso de sempre; seu horizonte, o não-saber. Mito ou aporia, o fim é aqui o recomeço.

À primeira vista, o tema que surge unido à busca do conhecimento absorve a substância naturalmente sedimentada do tempo: depende da remoagem dos resíduos, do balanço dos desacertos, da matéria da experiência, decantada do vivido na longa passagem dos anos. O tempo que corrói e desgasta também acumula, mas nunca será o bastante para a ciência de ver, rever, a que ser refere o poeta, reiterando o movimento da própria reflexão.[32]

Pela repetição, o movimento reflexivo tende a associar-se ao ritmo cíclico da natureza, a que se conforma a existência biológica, e o pensamento sobre o amor parece brotar com naturalidade da "curva perigosa dos cinqüenta", como se o poema crescesse naturalmente da natureza ou fosse natureza prolongada. Mas já se viu como isso é uma impossibilidade para o poeta.

O que vem com a idade são perigos maiores, problemas maiores, calma nenhuma. O medo, bem pensado, cresce mais ainda; o discurso, produzido a custo, é renovado tormento. E a poesia, mediante a reflexão, só procura a naturalidade, não pode alcançá-la, pois depende até o fim da mediação intelectual em sua estrutura. A procura continua sempre aporética; embora proceda no ritmo que imita da natureza, não se confunde com ela, almejando em vão o que virou um ideal inacessível. Mas no seu caminho de tentativas rumo a ele, junta o conceito discursivo à imagem sensível, sem ser propriamente conceito nem percepção sensível, mas concreta forma artística em cuja linguagem são inseparáveis conceito e imagem, pois nenhum deles

32 Em "Qualquer tempo", de *A falta que ama*, dirá: "Nenhum tempo / é tempo bastante / para ver, rever".

se refere diretamente à realidade empírica, mas antes entre si tecem a trama enigmática que faz de meras palavras um poema, como aqui se observa.[33]

A atitude em relação à natureza será, mais uma vez ainda, de herança romântica. É por esse viés que tende a retornar aos versos de Drummond: sugere quase sempre a metáfora organicista que casa o desenvolvimento interior ao ritmo do ciclo biológico da existência,[34] mas o trato que ele dá a isso já está longe do Romantismo.

Supõe um tempo adequado para os frutos maduros da experiência, mas eles têm gosto amargo, estão envenenados pela negatividade do presente: são em geral a "terrível prenda" da madureza; surgem presos à árvore da "ingaia ciência", que apenas sabe ponderar, com amargor e dura exatidão, o alto preço das dificuldades de amar e ter amado. Não fosse outono a estação da tragédia:

Outono é a estação em que ocorrem tais crises,
e em maio, tantas vezes, morremos.[35]

33 Veja-se o que, a propósito, escreveu Adorno: "A introdução de conceitos não é idêntica à conceitualidade da arte; a arte não tem conceito nem intuição, e eis porque protesta contra a separação. O seu caráter intuitivo difere da percepção sensível, porque se refere incessantemente ao seu espírito. A arte é a intuição de algo não-intuitivo, é semelhante ao conceito sem conceito". Cf. *Teoria estética*, ed. cit., p. 115.

34 Ver, nesse sentido, M. H. Abrams, *The Mirror and the Lamp: Romantic Theory and the Critical Tradition* (Nova York: Oxford University Press, 1953), cap. VII.

35 Os versos são de "Tarde de maio", das "Notícias amorosas" de *Claro enigma*.

Neste caso específico, o motivo da madureza está à primeira vista ausente. Depende dele, no entanto, a exposição das questões sobre o amor que o poeta por fim dramatiza e resume na indagação que atribui ao amante; os argumentos nascem organicamente da matéria experimentada, muito sofrida, e se curvam sob o peso da noite.

Desse modo, o pensamento, feito discurso lírico-reflexivo sobre o amor, tende a acompanhar o escoamento do tempo, como um tempo de corrosão, desgaste e padecimento – o que explica que vá gravando na pele dos amantes a "teia de problemas". Associado ao ritmo da natureza e à curva da existência, cumpre o ciclo, mas numa roda de fatalidades e infortúnios, até se tornar, por fim, um *logos* bloqueado pela noite, envolvido em imagens míticas da terra, da qual ele procede, e do fogo, cuja força misteriosa se concentra e se alastra com o enigma em que vai desembocar o poema como um todo.

O aspecto intelectual se liga, como já se sabe, à matéria mais elementar; o discurso vem da terra e vai ao fogo, incorporando a substância vivida do tempo, até converter-se em imagem. Tudo se faz com ritmo parecido ao natural, mas é o ritmo do pensamento que imita o natural, reproduzindo o ciclo, conduzindo à imagem, mas à imagem do paradoxo, em que o conceitual se une ao visual num mesmo desconcerto.

Essa união gera o enigma, feito de sensação e reflexão, armando outra dificuldade que inclui, no entanto, todas as demais. A complexidade do fim é o resultado notável do enlace de tudo num emblema do todo, e a importância dessa transmutação do discurso reflexivo em imagem, juntando o mais abstrato ao mais concreto, pronto se verá.

Assim, o discurso que toma forma no poema está longe de ser um discurso repassado da calma do "saber de experiências feito". Não se trata da emoção recolhida na tranqüilidade, nem da aceitação resignada do que chega com a inevitável passagem dos anos, nem tampouco da serena sabedoria que possa vir com a idade. A própria forma com que se apresenta o demonstra.

Não estamos diante de uma enunciação lírica, com certo distanciamento entre sujeito e objeto, que pudesse dar lugar a uma exposição mais distanciada e objetiva do tema; mesmo quando isto ocorre, a luz do amor maduro confunde, como se vê no final de "Campo de flores".[36] E o que se apresenta não é muito menos a forma idílica da canção, que pressupõe a fusão completa entre sujeito e objeto, a exemplo da "Canção amiga", portadora momentânea da paz ao mundo.

Há aqui, ao contrário, tumulto e drama. Uma atitude interrogativa e dialógica, de apóstrofe lírica, divide o poema, deixando-o como que dilacerado e transido, em debate consigo mesmo. Por isso, ela contagia com intensidade dramática toda a composição, mantendo o tom extremado até o encontro com o desconcerto da última imagem, a tudo ligada e desprendida de tudo, eco gongórico do último verso:

Arder a salamandra em chama fria.

36 Cf., nesse sentido, a análise que fez João Luiz M. Lafetá em sua "Leitura de 'Campo de flores'", *Revista do Instituto de Estudos Brasileiros* nº 11, 1972, pp. 113-124.

Esse modo de ser intenso e compacto se torna evidente já na forma externa das estrofes: são versos irregulares em quatro blocos desiguais, mas maciços, emoldurados, no começo e no fim, por decassílabos heróicos.

A organização pode parecer um tanto arbitrária e caprichosa à primeira vista, mas logo se vê que está sujeita ao movimento interno do pensamento; só por necessidade íntima de expressão quebra a regularidade métrica dos decassílabos, que não destoam do padrão, tudo talhado na medida para exprimir a cerrada escavação analítica.

Os versos extremos, de abertura e fechamento, estaqueiam e impõem uma ordem aos passos sinuosos do pensamento. O primeiro, começando por um elemento concreto – *Os cabelos* –, tende à generalização abstrata de um enunciado sobre a verdade; o último, que começa por uma ação abstrata – *Arder* –, acaba formando uma imagem concreta como um emblema.

Guardam, no entanto, semelhanças entre si, mesmo na diferença que os contrapõe. Não apenas pelo metro regular que por coincidência poderia aproximá-los, mas pelo caráter assertivo que os caracteriza. Isto reforça seu papel ordenador: constituem molduras simétricas de uma composição instável, entregue à perseguição do que não alcança; contrabalançam o fluxo das idéias, marcando limites para a composição.

Tendo sempre em vista o papel desses versos de abertura e fechamento na organização do todo, tensionado entre esses extremos similares e opostos, convém considerar primeiro, acompanhando a seqüência do discurso, a moldura inicial.

Ela chama a atenção, desde logo, pela afirmação peremptória, vazada numa oração absoluta, com perspectiva generalizante, mas posta de chofre na testa do poema como um obstáculo. Emperra a operação sugerida pela "mineração" do título. Como no caso de "Áporo", nos defrontamos com uma situação aporética imediata, aqui anteposta, concretamente, por uma parte do corpo: os cabelos. A declaração contida no verso ainda se torna mais paradoxal e desconcertante porque, travada pelo corpo a descoberta do outro, afirma uma suposta verdade sobre a impossibilidade de chegar à verdade:

Os cabelos ocultam a verdade.

A forma verbal "ocultam" tem aí decerto um emprego abusivo e metafórico; é uma espécie de catacrese, que serve, no entanto, partindo do concreto, à abstração da assertiva, à maneira do pensamento conceitual, dando o tom do discurso que se segue e vai se desenvolver como uma "dança do intelecto entre as palavras", para lembrar outro poeta.[37]

Mas já pela barreira do princípio, o discurso mostra seu caráter igualmente problemático, sua tensão contra o anteparo. Sugere o conflito, armado de drama e pensamento, e também o penetrante desejo. A "mineração" ganha nova complexidade, por incorporar a contradição, tensionada pelo entrave do caminho, em que se avança com esforço, acendendo o desejo: a busca intelectual é também busca erótica e se move pelo

37 De fato, se pensarmos na distinção de Ezra Pound das modalidades de poesia, desde esse verso o poema se desenvolve como uma "logopéia", até se transformar pelo lance final em "fanopéia", imagem concreta para a imaginação visual.

acicate da dificuldade, à procura daquilo que o corpo começa por ocultar. O ocultamento vai se completar no fim com o escuro da noite.

Os cabelos são, portanto, um prenúncio da noite (uma metonímia da noite), que afinal oculta tudo, imobilizando o amante pela cegueira e o silêncio ante a magia.[38] Com isso se interrompe também o discurso analítico, que esbarra com o que deveria esclarecer: a imagem hermética.

A noite conclui o ciclo da reflexão e dá início à indeterminação difusa: o amante, presa do sortilégio, se mostra submisso, "curvo", assimilando por antecipação no arco do corpo o peso do que ela traz com o terror da escuridão. A curvatura física parece uma propriedade antecipada da abóbada noturna, ao fim do ciclo, mas num dos pontos mais altos do poema, outra hipálage transfere a cegueira do amante à noite, atributo que pela contigüidade a ela se casa tão bem, espessando a impenetrabilidade, em conluio com o silêncio – "nada lhe responde" – e a paralisante magia.

A surpreendente parada – visão extática do firmamento –, que lembra o desconcerto do "claro enigma", não susta o desejo que desabrocha, para além da noite, como chama, ainda que fria.

O verso final concretiza na imagem poderosa toda a dificuldade abstrata que o discurso pondera à medida que avança, sem alcançar o que procura. Mas porta aceso o desejo de penetração que se funde na imagem. Na verdade, a imagem encarna a contradição do processo como um todo, e a mineração do

38 É decerto também um motivo baudelairiano o que os cabelos podem magicamente encobrir. Cf. "Un hémisphère dans une chevelure" (*Le Spleen de Paris* [1869], XVII) e "La chevelure" (*Les Fleurs du mal* [1869], XXIII).

outro, difusa na noite, se transmuda em fogo, no êxtase frio da contemplação da salamandra.

A SALAMANDRA, A CHAMA, O CORAÇÃO

Contraposto ao verso inicial, o fecho do texto soma mais dificuldade à dificuldade do começo: o enigma sobreposto ao curso já travado do pensamento. Sua verdadeira força e valor só podem ser devidamente apreciados em conexão com o poema como um todo, de que é a cifra culminante. Contudo, se solta como o primeiro, em relativa independência sintática, destacando ainda mais seu concentrado mistério:

> *Arder a salamandra em chama fria.*

Situado depois dos dois pontos, apresenta certo teor declarativo, e o infinitivo que lhe serve de predicado funciona como a enunciação indefinida de um processo, reforçando, antes que o traço específico, a representatividade geral e simbólica da ação: *Arder* (...).

Logo, porém, surge a figura mítica do lagarto capaz de esfriar a chama com a frialdade do corpo, resistindo ao fogo que ele pode apagar. A imagem concreta apela à nossa imaginação visual, juntando-lhe o lacre da contradição: da salamandra se expande, como de um ser secreto, portador da magia, um estranho fascínio.

Ao contrário da tendência à generalização abstrata do verso que abre o discurso, este se encerra em segredo, fechando-o hermeticamente; sua significação misteriosa primeiro cativa e paralisa, para poder melhor irradiar seu charme. No entanto, simultaneamente, desperta uma vez mais, pelo obstáculo que oferece de novo ao entendimento, o desejo de saber. Na verdade, ele é também pensamento, só que não agora em forma discursiva, mas paralisado e fundido à imagem como conceito.

Veículo da contradição, plasma em forma sensível a carga conceptual. É que contém em sua forma afirmativa o paradoxo da pergunta e da resposta, reproduzindo dramaticamente a situação primordial da consulta ao oráculo: a pergunta formulada pelo amante diante da noite, para a qual não há resposta possível senão a da salamandra, imagem mítica e contraditória, que traz em si mesma cifrada uma resposta: a resposta do mito, transmudada de novo em pergunta – a do enigma poético.

O movimento interior, dramático e dilacerado, da experiência amorosa, expressa pelo discurso analítico que se confronta pela reflexão com os limites de si mesmo ao longo de todo o poema, se congela numa única imagem que é também conceito, neste derradeiro verso.

Constituído por uma oração justaposta, com função apositiva com relação ao termo "magia" (e a tudo o mais que o antecede), até o emprego do verbo no infinitivo, com sua natureza de substantivo – é uma forma nominal do verbo –, se cristaliza numa breve sentença arguta, cujo caráter material é tão forte, que parece uma coisa concreta na qual o espírito se inflama e ilumina como de dentro de um objeto que em si mesmo resume o todo completo.

O poema que começa pelo vínculo oblíquo com o primeiro elemento cósmico, a terra, velada sob a metáfora da mineração, termina de chofre com o outro, o fogo, evocado também obliquamente pela relação metonímica com a ardência, o lagarto, a chama (e, latente, o coração). Na verdade, o discurso reflexivo que articula tantos elementos divergentes, extraídos da matéria mesma do tema, constitui um ritmo de associações líricas que em seu caudal arrasta a multiplicidade para a unidade.

A cadeia metonímica que do fogo lavra, alimentada durante o poema todo pelo esforço que vem da terra lavrada a custo, pela lavra do outro, evoca, como origem do amor, seu centro de irradiação, o coração, fonte do fluxo a que revêm os elementos escavados, unidades significativas da reflexão analítica que retornam, como imagens líricas que também são, à origem. Do coração partem as idéias, que a ele retornam enquanto imagens. A salamandra ardente em lavaredas frias é também imagem do coração partido pela reflexão.

O amor de Drummond é um amor contrariado, não amor cordato; em seu coração pensativo, a paixão é também o ardente desejo de inquirir friamente a razão da discórdia. O coração é o centro do enigma. Por sua causa, o lirismo reflexivo, com seu ritmo de associações, volta a consultar o oráculo. Debruça-se sobre si mesmo. E se defronta com o enigma.

O enigma é o ponto de encontro do conceptual e do visual; o tortuoso e atormentado discurso intelectual, lacerado entre questões, se concretiza nesse objeto da experiência sensível que é a salamandra, como emblema, hieróglifo ou ideograma. Nele se resume simbolicamente o percurso todo da busca pelo sentido que obriga o poeta a lavrar com o pensamento a difícil matéria do amor.

O discurso analítico em que toma forma o pensamento sobre o amor transita, pois, entre esses dois elementos básicos do universo – terra e fogo –, que estão em sua origem e em seu fim. "Mineração do outro" junta de fato a origem mineira do poeta à chama interior de sua reflexão lírica.

O amor é então aqui mineral; é físico, mas também metafísico, pois corresponde ao desejo de ir além da matéria em que penetra, na busca vã da alteridade em que mais se fragmenta e aniquila do que se reúne ao que já de antemão era perdido.

Sua desgarradora procura desemboca na difusão da noite ou no segredo do enigma, talvez no reconhecimento, atormentado e perplexo, de sua final impotência diante do outro, mas sem perder o desejo de saber, a misteriosa chama fria que continua ardendo no pensamento e no coração.

Os limites materiais que enquadram o processo de escavação do outro se insinuam também como mediações para esse desejo de passagem. Deslocada do sentido próprio, a mineração exclui o minério, cuja presença, evocada pela sonoridade e subentendida no sentido geral da busca, é ativada, por assim dizer, pelo fogo final: o ouro, parte íntima da terra (como o coração, do "peito oferto"), é outra forma do fogo.

O minério serve de mediação oculta para a transmutação final do discurso sobre o amor na mágica salamandra. Com seu brilho contrastante, manchada de amarelo e preto, nela a noite se liga ao ouro, como o frio à chama, dando forma concreta de enigma aos paradoxos do amor em que se perde e arde o pensamento.

Mas a mineração do outro é decerto a procura de algo mais

precioso que o ouro e se processa ao longo do poema todo como busca intelectual de outro ser. É de novo um meditado exílio dilacerador. Daí também sua ardência fria, feita de paixão e razão, reiteradas na forma intensamente dramática do poema, até sua síntese na imagem cifrada do ser contraditório que habita o fogo sem se queimar.

Há nessa vontade de conhecimento, envolvida na mineração, um esforço em lutar contra o obstáculo logo anteposto, o que faz pensar mais uma vez na lida do poeta com as palavras. Está mais uma vez sugerido o paralelismo com o fazer poético, sempre tão dificultoso na perspectiva drummondiana.

De novo aqui, como em "Áporo", o vínculo com o trabalho é direto e forte. As dificuldades com o amor sugerem as dificuldades com a escrita; a barreira que os cabelos e o resto do corpo criam para a indagação amorosa vale igualmente para a própria composição, às voltas com o mesmo objeto problemático. De fato, no poema se aproxima, como se disse, a idéia de minerar ou lavrar, de escavar o corpo, à idéia de escavar a linguagem. Na quarta estrofe se lê: "assim como a palavra esconde outra / voz prima e vera, ausente de sentido".

Em ambos os casos, a dificuldade se apresenta por camadas de encobrimento, lembrando por metonímia, o próprio ato físico da mineração; à medida que progride com novos obstáculos se vai defrontando.[39] A nudez é cortina de outro

39 Betina Bischof vem desenvolvendo há tempos um trabalho analítico original, ainda inédito, sobre a questão do obstáculo na visão poética drummondiana e suas múltiplas implicações em temas e procedimentos expressivos da obra. Quando for publicado esclarecerá decerto vários pontos obscuros deste ensaio, que é desde já devedor da perspectiva que abre seu estudo.

corpo; a palavra encobre outra, até o sem sentido. O discurso da mineração é um caminho de padecimento que no extremo verruma no vazio.

Palavra e lavra realmente se fundem numa mesma árdua questão: a busca amorosa, por via do corpo e da linguagem, desemboca numa inalcançável transcendência. A vastidão que se abre para o coração é novamente a infinitude da falta que ama e jamais se preenche.

A mineração do outro é formulada aqui em relação a um sentimento, mas catalisa e articula esferas múltiplas e divergentes da realidade. A rigor, estamos diante daquele mesmo procedimento, à primeira vista desnorteante, com que se abre a lírica drummondiana no "Poema de sete faces". Agora, menos como registro e perplexidade diante da pluralidade do mundo por onde avança sem rumo certo o desejo, e mais como incorporação da teia de problemas que a própria experiência arma em "querer saber": esse movimento inquiridor e sofrido a caminho do objeto fugidio que o atrai e impede de passar, mantendo-o cativo do mágico fascínio em que se enreda e perde o próprio pensamento. Essa travessia dificultosa é o caminho da história interior, a forma do sentimento lavrado em palavras.

O deslocamento figurativo da mineração, escavação pelo conhecimento, dá curso ao movimento catalisador que, por etapas de prospecção, vai somando contraditoriamente novas perspectivas e novos desencontros sobre o que ao fim parece indevassável. Sem destruir a diferença dos elementos discrepantes que ao mesmo tempo explora e liga na busca dilacerante de um outro inalcançável, o discurso meditativo avança dramatica e dificultosamente através dos obstáculos. Não perde a coerência frente ao dilaceramento a que o obrigam a própria vontade de saber e a necessidade de conviver com outro, beirando a inevitabilidade terrível de um destino trágico, até topar, depois de um caminho de perguntas, com a ausência de resposta.

A afirmação de Vico, deve ser reiterada mais uma vez aqui: toda metáfora é um mito em pequeno, e assim se passa com a metáfora final sobre o amor e seus problemas. Desgarrado até certo ponto do discurso que o precede, como vimos, o último verso contém resumida na imagem a narrativa sobre um ser mítico capaz de gerir o fogo, uma vez que com seu corpo frio pode viver nele e tanto alimentá-lo quanto extingui-lo.[40]

O lagarto, gênio do fogo, pode ser muito bem uma encarnação irônica e paradoxal das contradições do amor, cujos pólos se espelham no oxímoro, tão ao gosto culterano, que sintetiza seu modo de ser: "a chama fria".

A junção entre ardência e frialdade no barroco – estilo em que a ordem é dividir para unir – parece sublimar ou acomodar o sentimento da vertigem numa felicidade de expressão,[41] fórmula com que o espírito procura organizar o tormento que não pode conter ou controlar. Aqui, ao contrário, a imagem enigmática sintetiza o tormento, projetando a situação contraditória e dramática como símbolo de uma experiência dilacerante para a qual não se tem resposta.

40 *Nutrisco et extinguo*, ou "J'y vis et je l'éteins", como se fixou no lema de um rei da França, revelando o caráter emblemático da imagem.

41 Cf. nesse sentido, Gérard Genette, "L'univers réversible", "Complexe de Narcisse" e "'L'or tombe sous le fer'", em seu *Figures. Essais* (Paris: Seuil, 1966), pp. 9-37.

Uma tensão nova, derivada do discurso veemente que precede a imagem, realça a fusão contraditória da frialdade do intelecto com a ardência do sentimento, como numa tentativa extrema de exprimir pela junção dos opostos a superação do abismo da alteridade inalcançável. Inacessível à lavra de palavras do discurso analítico que o procura, o outro por fim no enigma se oculta, com o fascínio mágico do que não se deixa decifrar.

Esse duro esforço de expressão pela linguagem, à cata da integração da discórdia, feita da luta dos opostos que a mente lúcida e realisticamente reconhece como tais, em constante conflito – essa teia de problemas que é o amor, esforço supremo de união dos contrários –, se cerra, pois, em enigma no cerne do lirismo meditativo de Drummond.

Seu princípio último de coerência, diante da ameaça do impasse, parece ser dado à primeira vista pela passagem de uma lógica conceptual para uma lógica do sensível, indo do pensamento ao mito. Mas a verdade é que a aporia é, no caso, menos não-passagem absoluta do que problema, menos errância infinita, produto sem saída da dúvida racional, do que experiência sofrida dos dramas concretos da existência para os quais não se tem resposta. A meditação sobre o amor implica a história da relação humana dos seres que o vivem. Depende das marcas acumuladas na experiência individual da história vivida. E o enigma não é o mito. Ele é de novo a pergunta que deu origem ao mito, pressupondo ainda o pensamento.

Trata-se então de uma concepção da poesia, que não deixa intocado nenhum dos extremos, mas não se confunde com eles, pois o seu reino não se identifica de todo com o mito, do qual, no entanto, procede e se alimenta; nem com o puro pensamento, ou seja, com a filosofia, embora em sua forma reflexiva o lirismo possa dar a entender que com ela tantas vezes sonha unir-se. Se a poesia não se confunde com seus limites opostos, em compensação, pode imitá-los, ao buscar compreender no drama fingido que inventa o verdadeiro sentimento que a anima. É assim que ela cumpre o giro da reflexão sobre a percepção sensível de sua própria interioridade, casando o pensamento à imagem.

O caminho de Drummond não leva somente a uma poética que a própria cerrada articulação dos poemas vai tornando explícita; vai além mesmo da meditação sobre o ato poético e sobre a pedra que ao barrar o caminho exige a própria reflexão como condição da difícil passagem; acaba desembocando, enfim, numa verdadeira teoria poética – poesia contemplada.

Sabemos, depois de Lévi-Strauss, que os mitos são construídos sobre a base de uma lógica das qualidades sensíveis que não reconhece distinção marcada entre os estados de subjetividade e as propriedades materiais do cosmos.[42] No poema, esse trânsito, frente à dúvida racional e à ameaça de impasse que invade o sujeito, afastado de sua origem na terra, para buscar o outro no amor, parece cumprir-se de modo similar ao movimento mítico quando surgem contradições inexpugnáveis: os estados da subjetividade se transmudam em propriedades materiais do universo, como se vê na conversão do pensamento barrado em imagem concreta do fogo. Ou na passagem da

42 Cf. Claude Lévi-Strauss, *Mythologiques. Le cru et le cuit* (Paris: Plon, 1964), p. 246.

reflexão sobre o drama da expressão na "Oficina irritada" ao "claro enigma", imagem do firmamento.

Mas, na verdade, não é no mito que o poema encontra saída para o impasse que a reflexão registra, e, sim, na inesgotabilidade poética do enigma. O enigma apenas reformula a pergunta para a qual a historieta do mito não basta como resposta; assim fazendo, torna possível de novo o poema como fusão de imagem e pensamento, a fulguração contraditória da salamandra.

O esforço de minerar até o derradeiro obstáculo que se antepõe a quem ama e quer saber pode chegar a diversas conseqüências: a inacessível transcendência da mineração por mais que se aprofunde; o dilaceramento patético que vivem os amantes; a inevitabilidade terrível que acompanha seu percurso com o risco do trágico; o caráter incognoscível extremo daquilo mesmo que nos atrai com o fascínio do inexplicável. Por isso, o esforço de lavrar a palavra para além do entrave ontológico que barra a unidade do ser a que o amor aspira, só parece passível de expressão lírica se se fundem na linguagem *logos* e *mythos*, de que resulta a imagem poética, cuja hipótese, como viu outro grande poeta, Lezama Lima, é nova possibilidade de ser.[43]

É esse o dramático caminho que articula o pensamento com a imagem, numa mistura de "poesia pensamenteada", para lembrar Mário de Andrade – dos poetas próximos, como ficou dito, o principal modelo do lirismo meditativo de Drummond.

43 Cf. José Lezama Lima, *Imagen y posibilidad* (La Habana: Editorial Letras Cubanas, 1981), p. 19.

A frialdade da salamandra, deslocada para a chama – o fogo é o outro, o meio oposto em que ela vive –, constitui também uma poderosa hipálage, paralela à da cegueira do intérprete deslocada para a noite que lhe barra a vista. A magia do enigma lavra também com sua insolubilidade. E a interpretação que o quer compreender, ao refazer por dentro a intrincada estrutura, pode apenas demonstrar a razão por que é insolúvel.[44] Há sempre ainda o que compreender, depois de ter compreendido. É esse o próprio movimento da imaginação, que na crítica, é ainda espelho da criação.

O último verso sintetiza uma complexidade enorme; entre tantas coisas, envolve a ironia que assume a forma de um paradoxo ainda mais vasto. Elementos opostos, excludentes entre si, se unem numa imagem emblemática em que o todo se mostra em sua totalidade: acolhe, em irônico enlace, as contradições reais do amor e seu sortilégio.

Seu maior fascínio deriva de sua falta cabal de explicação. Ela equivale à lucidez na cegueira, ao silêncio que é a ausência de resposta, o que afinal de contas nenhum amante realmente consegue extrair da noite.

Assim, no seu derradeiro esforço por saber, o poema parece retornar à fonte oracular da lírica. Reformula a pergunta frente ao mundo elementar da natureza, reino da noite, mas também do fogo, que o homem guardou para abolir o escuro. Fecha-se com o mistério da contradição, refeito enigma que resume o drama e o recorrente desafio da vontade humana de saber.

44 Ver a propósito o que escreveu Theodor W. Adorno, op. cit., p. 143

Um poema da lírica amorosa que se move pelo desejo de conhecer leva a pensar e repensar nossa precária ciência da decifração, barrada de antemão por dificuldades. Uma hermenêutica também problemática deriva do desejo de mineração do outro que já o corpo impede, precedendo a noite impenetrável.

Expressivamente, os cabelos são parte da noite e do mistério; antecipam o impasse. A ciência do amor tropeça desde logo com uma situação aporética; tem, desde o princípio, sua pedra no caminho.

Mas, como em "Áporo", faz pensar de novo na saída poética da imaginação: o trabalho insignificante do inseto minerador, equiparável, no entanto, ao trabalho miúdo do poeta com as palavras, trabalho persistente como o outro, capaz de mostrar seu poder de transformação, rompendo o impasse.

A reflexão sobre o trabalho poético e o amor desemboca, na verdade, na imaginação material, que articula os elementos mais heterogêneos e deles extrai inesperadamente o novo. O poeta acha saída no interior de si mesmo, no modo de ser da própria poesia.

A meditação sobre o amor é também uma espécie de devaneio da intimidade que vem da terra e da origem; produto da imaginação material, quer descortinar o outro, buscando-o mesmo através de uma vazia transcendência.

Como esforço geral de interpretação (o trabalho psicanalítico pode ser uma de suas variantes), corresponde, com seu movimento inquiridor, ao impulso que, de todas criaturas da terra, só o homem demonstra para conhecer a interioridade do outro.

Mas no poema de Drummond, esse saber travado pela dificuldade assume uma gravidade que já vem de baixo, do corpo, que é bloqueio mesmo nu, e se aprofunda, ainda mais em labirintos terríveis, num rodopio de catábase, suscitando conjuntamente o sentimento do trágico, que a noite por fim recobre. Há de fato uma inevitabilidade trágica nesse sentimento, tal como aí é visto, pois nos fragmenta querendo nos unir: estamos destinados a ele pela necessidade de convivência, obrigados à sociabilidade, que é nosso modo de ser.

O querer saber nos obriga, inevitavelmente também, à interpretação, posta em xeque desde o primeiro momento em que se abre o discurso reflexivo sobre o amor. A difícil verdade do outro que os cabelos e a noite encobrem é também a nossa verdade: conhecer é reconhecer-se.

O caminho do poeta pode ser outro; mas há desentendimentos, como os do amor, que apenas confirmam, conforme disse um romântico,[45] o supremo acordo. Afinal, no interior do acordo continua latente o coração.

45 Cf. Friedrich Schlegel, "A Novalis", in: *O dialeto dos fragmentos*, ed. cit., 165.

Sobre o autor

DAVI ARRIGUCCI JR. nasceu em 7 de maio de 1943, em São João da Boa Vista [SP]. Em 1964, formou-se em Letras Neolatinas (Português e Espanhol) na antiga Faculdade de Filosofia, Ciências e Letras da Universidade de São Paulo. Entre 1965 e 1968, lecionou Língua e Literatura Espanhola e Hispano-Americana; de 1968 até 1996 foi professor de Teoria Literária e Literatura Comparada na mesma instituição.

LIVROS

O escorpião encalacrado: a poética da destruição em Julio Cortázar (São Paulo: Companhia das Letras, 1995 [1973])

Achados e perdidos (São Paulo: Polis, 1979), recolhido in: *Outros achados e perdidos* (São Paulo: Companhia das Letras, 1999)

Enigma e comentário: ensaios sobre literatura e experiência (São Paulo: Companhia das Letras, 1987)

Humildade, paixão e morte: a poesia de Manuel Bandeira (São Paulo: Companhia das Letras, 1990)

O cacto e as ruínas: a poesia entre outras artes (São Paulo: Duas Cidades, 1997)

TRADUÇÕES

Julio Cortázar, *Valise de cronópio*, em colaboração com Haroldo de Campos e João Alexandre Barbosa (São Paulo: Perspectiva, 1974)

Julio Cortázar, *Prosa do observatório* (São Paulo: Perspectiva, 1974)

Wallace Stevens, "Treze modos de olhar para um pássaro preto", in: *Estudos Avançados*, n. 30, 1997

ARTIGOS E ENSAIOS

"O mundo misturado. Romance e experiência em Guimarães Rosa", in: *Novos Estudos Cebrap* n. 40, 1994

"Entre a lenda e a história: um filme de John Ford", in: *Folha de S. Paulo*, suplemento *Mais!*, 07.05.1995

"Teoria da narrativa: posições do narrador", in: *Jornal de Psicanálise* n. 57, 1998

"O silêncio e muitas vozes. Sobre *Muitas vozes*, de Ferreira Gullar", in: *Jornal de resenhas*, 12.06.1999

"Borges e a experiência histórica", in: *Folha de S. Paulo*, suplemento *Mais!*, 12.12.1999

"O guardador de segredos. Sobre *A espreita*, de Sebastião Uchoa Leite", in: *Jornal de resenhas*, 10.06.2000

"Cadáver com batatas e molho inglês. Ensaio sobre Hitchcock", in: *Estudos de cinema* n. 3, 2000

"O sertão em surdina. Sobre *O quinze*, de Rachel de Queiroz", in: *Jornal de resenhas*, 12.05.2001; republicado in: *Literatura e sociedade* n. 5, 2000

O presente ensaio nasceu de um projeto sobre as relações entre poesia e experiência histórica na lírica brasileira contemporânea apoiado por uma bolsa do CNPq. *O pedido de um amigo, Silviano Santiago, para que o autor escrevesse um estudo geral sobre Drummond, destinado à edição crítica do poeta na coleção* Archives *da Unesco, foi decisiva para a realização deste trabalho.*

Tipologia FOURNIER 12.5/16.75 Composição RAUL LOUREIRO Papel PÓLEN SOFT 80 gr/m²
SUZANO CTP e Impressão R.R. DONNELLEY AMÉRICA LATINA Tiragem 3.000